Philipp Schmidt

Der Grenzwächter

DER GRENZWÄCHTER

VON
PHILIPP SCHMIDT

IMPRESSUM

TWENTYSIX – Der Self-Publishing-Verlag
Eine Kooperation zwischen der Verlagsgruppe Random House und
BoD – Books on Demand

© 2018 Schmidt, Philipp / Ferge Verlag

Herstellung und Verlag:
BoD – Books on Demand, Norderstedt.

ISBN: 978-3-74074-476-2

1. Auflage 2018
Der Grenzwächter von © Philipp Schmidt
Covergestaltung: Giusy Ame/Magicalcover.de
Bildquelle: Deposithfoto
Lektorat: Michael Raffel
Satz und Gestaltung: Matthias Kaiser

Für Juri

1. Kapitel

Der gutgekleidete Mann saß vollkommen reglos, mit kerzengeradem Rücken auf seinem Stuhl und blickte durch die Lücke zweier Wolkenkratzer auf den Ozean. Er kam zuverlässig jeden Sonntag ins *Sea View*, eines der nobelsten und teuersten Restaurants von Manila, das die oberen zwei Stockwerke eines Hochhauses einnahm. Trotz des sanften Windes auf der Dachterrasse war es heiß, und die Kellnerin, die den Mann beobachtete, wischte sich mit dem Handrücken den Schweiß von der Stirn. Aber es war nicht nur die Hitze, welche Mary Ann schwitzen ließ. Der Mann machte sie nervös, und sie hatte noch nicht entschieden, ob es sich um die angenehme Aufgeregtheit von Verliebtheit und Bewunderung handelte – oder um Furcht. Den Mann mit den dichten schwarzen Koteletten und dem maßgeschneiderten Anzug umgab etwas Geheimnisvolles, eine Aura der Unantastbarkeit.

Jetzt hatte Cherry, der schwule Bartender, den Longdrink fertig gerührt und stellte ihn aufs Tablett. Er zwinkerte Mary Ann verschwörerisch zu. Diese biss sich auf die Unterlippe, nahm das Tablett und ging auf den allein sitzenden Mann zu.

»Ihr Drink«, sagte Mary Ann kleinlaut und stellte das Gemisch aus Mangosaft und fünfzehn Jahre altem Tanduai-Rum auf die runde Tischplatte.

»Salamat«, dankte der Mann in der Landessprache.

»Sie kommen jeden Sonntag her«, stellte die junge Kellnerin hölzern fest.

Ein leises Lächeln umspielte die sinnlichen Lippen des Mannes. Er schaute nicht auf, dennoch hatte Mary Ann den Eindruck, dass er sie aus dem Augenwinkel musterte. Da ihr nichts einfiel, um die Konversation fortzuführen, wollte sie sich gerade abwenden, als der Mann sagte: »Ich lebe seit vielen Jahren auf den Philippinen, aber ich habe mich noch immer nicht an die kurze Dämmerung gewöhnt.«

Mary Ann wartete, ob er noch mehr sagen würde. Als er es nicht tat, erwiderte sie: »Das Sea View ist ein ausgezeichneter Platz, um sie zu genießen.« Sie leckte sich nervös über die Lippen, ehe sie fragte: »Woher kommen Sie?«

»Europa«, antwortete der Mann knapp.

Wieder wollte Mary Ann sich zurückziehen, als der Mann sagte: »Ich heiße Fernando.«

»Mary Ann«, brachte die Kellnerin mit pochendem Herzen hervor.

»Freut mich, Ihre Bekanntschaft zu machen, Mary Ann.« Endlich sah er auf. Ihre Blicke trafen sich, und Mary Ann zuckte innerlich zusammen. Täuschte sie das rote Licht der Abenddämmerung, oder lag tatsächlich ein gelbes Funkeln in den leicht verengten

Augen des Mannes? »Geben Sie mir ein Zeichen, wenn Sie noch etwas wünschen«, sagte Mary Ann, deren Nackenhaare sich aufgestellt hatten.

»Mabuti«, sagte der Mann und sah wieder in Richtung der untergehenden Sonne, die den schmalen Ozeanausschnitt golden färbte.

Fernando, dessen wirklicher Name Fafnir lautete, nahm einen Schluck von seinem Longdrink. Er behielt das Gemisch einen Augenblick lang im Mund, schmeckte den reifen Rum und die Süße des Mangosaftes, bevor er schluckte. Er brauchte den Kopf nicht zu drehen, um die Sterbliche wahrzunehmen, die ihn mit zu Fäusten verkrampften Händen anstarrte. Sie hatte Angst bekommen. Zu recht. Und es war besser so.

Er steckte sich eine Zigarette an und zog den Rauch tief in die Lungen seines menschlichen Körpers. Neue Gäste kamen aus dem Fahrstuhl, und er hörte, wie Mary Ann ihnen Tische zuwies. Die Angehörigen der Oberschicht ließen im Sea View gerne ihren Arbeitstag ausklingen. Für Fafnir war es genau umgekehrt. Der Longdrink und die Zigarette stellten sein Frühstück dar. Eine Oase der Ruhe, ehe er seine Arbeit aufnahm.

Als immer mehr Gäste auf der Dachterrasse eintrafen und laut von Geschäftsabschlüssen prahlten, legte Fafnir einen 200 Peso-Schein neben den halbvollen Drink und erhob sich. Auf dem Weg zum Fahrstuhl nickte er der Kellnerin höflich zu.

Marry Ann schauderte, erwiderte den Gruß aber mit einem gezwungenen Lächeln. Was für ein sonderbarer Kerl, dachte sie. Vielleicht sollte sie die Schicht wechseln, um ihm nächste Woche nicht wieder zu begegnen. Andererseits ging von dem Mann eine schwer zu beschreibende Faszination aus. Sie schüttelte den Kopf und ging rasch zu dem Tisch, an dem ein dickleibiger Gast ungeduldig mit den Fingern schnippte, um ihre Aufmerksamkeit zu erregen.

***

Als Fafnir das Gebäude verließ, steckte er sich die Kopfhörer, die mit seinem Smartphone verbunden waren, auf. Ihm blieben noch etwa zwanzig Minuten, um sich ein wenig die Beine zu vertreten. Er zog seine Bentley-Sonnenbrille auf und machte sich ohne rechtes Ziel auf den Weg. Obwohl er sich für einen anpassungsfähigen Alten hielt, befand sich kaum ein Song in seiner Playlist, der jünger als dreißig Jahre war. Und er fühlte sich noch immer modern bei dem Klang der verzerrten Gitarrenriffs von Jimi Hendrix, die in voller Lautstärke in seinen Gehörgang schmetterten. Es kam ihm vor wie gestern, dass er, auf sein beharrliches Bitten hin, zwei Monde freibekommen hatte, um nach Woodstock zu reisen. Während er an bewaffneten Security-Männern vorbeiging, erinnerte er sich an die Energie der

Hippie-Bewegung, die damals auch ihn erfasst hatte. Tatsächlich hatte er daran geglaubt, dass sich etwas ändern würde, dass die Menschen sich kollektiv umorientieren und die Welt mit anderen Augen betrachten würden. Aber dann, ohne einen äußeren Auslöser, war die Kraft verpufft. Die Kommunen lösten sich auf, und die Welt wurde wieder kälter. Es war nicht die erste kulturelle Enttäuschung, die Fafnir erlebt hatte, es war nur die letzte gewesen. Und er hatte noch immer Schwierigkeiten, das neue Nordamerika, wie es ihm täglich in den Nachrichten gegenübertrat, zu akzeptieren. Aber in Manila war sowieso alles anders. Hier, im Stadtteil Makati, waren die Straßen einigermaßen sauber und ähnelten sogar ein wenig Manhattan, aber im Rest der Stadt wehte ein anderer Wind. Fafnir zog den Ärmel seines Jacketts hoch und sah auf das Ziffernblatt seiner Junghans-Meister-Armbanduhr. Es war Zeit, er musste los. Er winkte einem Taxi zu, dessen Fahrer sogleich hart in die Bremsen stieg. Die hintere Tür klemmte, weshalb er vorne auf dem Beifahrersitz Platz nehmen musste.

»Guten Abend, Joe. Wohin?«, fragte der nach schlechter Zahnpflege stinkende Taxifahrer.

»Mein Name ist nicht Joe«, erwiderte Fafnir, schon jetzt von dem Mann genervt. Für engstirnige Filipinos hieß jeder Ausländer Joe, und Fafnir hatte ein Problem mit Rassisten gleich welcher Couleur.

»Häh?«

»Vergiss es«, schnaubte Fafnir. Er gab die Adresse an und sah demonstrativ aus dem Fenster.

Mit quietschenden Reifen setzte sich das Taxi in Bewegung. Der Fahrer fuhr viel zu schnell, aber er beherrschte sein Handwerk. Er flitzte durch Lücken und überholte kühn. War ihm ein Jeepney – ein bemalter Kleinbus – im Weg, hupte er drängelnd, bis Platz gemacht wurde. So sausten sie durch die vollen Straßen Richtung Nordosten. Sie überquerten den Pasig River, ein schmutziges Gewässer, in dem Müll trieb, und tauchten ein in die engen Straßen von Santa Mesa. Die meisten Gebäude in diesem Viertel waren nicht höher als drei Stockwerke. Bis auf die Reklameschilder der Geschäfte dominierte ein hässliches Grau, das im Licht von vereinzelten Straßenlaternen sepia wirkte. In den Ecken lümmelten Banden von Jugendlichen, die auf Gangster machten. Die meisten waren oben ohne, viele trugen ihre Shirts um den Hals gebunden. Kinder spielten mit etwas, das kein Ball war, Fußball. Alte und Kranke hockten oder lagen zwischen Müllbergen am Straßenrand. Der Taxifahrer ignorierte eine rote Ampel und schleuste sie hupend über eine Kreuzung. In diesem Viertel hielt man nicht an, vor allem nicht nach Einbruch der Dunkelheit.

Fafnir war an den Anblick von Armut und Elend gewöhnt, aber es gab durchaus Eindrücke, die ihn noch immer hart schlucken ließen. In einem Müllberg, vor dem eine verbitterte, alte Frau hockte, entdeckte er in Plastikfolie eingewickelte Bündel, aus denen Gliedmaßen ragten. Es waren Arme und Beine von Säuglingen. Er steckte sich eine Zigarette in den Mund und kurbelte das Fenster herunter.

»Ich auch eine, Freund?«, fragte der Fahrer mit aufdringlichem Grinsen.

Fafnir reichte ihm eine Zigarette. Ohne Zweifel besaß er selbst welche. Aber wozu eine eigene verschwenden, wenn er vom reichen Joe eine umsonst bekommen konnte?

Rauchend und bei pfeifender Aircon fuhren sie weiter durch den Slum. Sie hatten das Ziel fast erreicht, als Fafnir Schüsse und Schreie hörte. Sein Blick fiel auf eine Frau, die unter einem Vordach aus Tuch einen Säugling stillte, neben ihr spielte eine Bande Halbstarker Basketball. Der Fahrer hatte die alarmierenden Geräusche noch nicht wahrgenommen. Er schaltete gerade einen Gang herunter, um ein grellgrün bemaltes Tricycle zu überholen, als Fafnir sagte: »Bitte hier anhalten.«

»Ist nur noch kurzes Stück, Freund«, erwiderte der Fahrer.

»Ich weiß. Bitte anhalten. Ich gehe den Rest zu Fuß.«

Beleidigt hielt der Mann am Straßenrand. Er musste Fafnir für irre oder lebensmüde halten, da er freiwillig allein durch diese Gegend laufen wollte. Vermutlich wünschte er ihm, überfallen und ausgeraubt zu werden, vielleicht würde er sogar selbst einem Verwandten mitteilen, dass ein dämlicher Joe ein leichtes Opfer abgäbe. Obwohl Fafnir den Kerl nicht

leiden konnte, bezahlte er ihm mehr, als das Taxi-
meter anzeigte; das gebot schlicht die Höflichkeit.
Jetzt hörte auch der Fahrer die heulenden Moto-
ren und die Salven von Maschinenpistolen. Rasch
stopfte er die Geldscheine in die Hosentasche und
trat sogleich aufs Gaspedal, als der verrückte Joe
ausgestiegen war.

Fafnir blickte sich um. Die Halbstarken ließen vom
Basketball ab und bewaffneten sich mit Prügeln
und Messern. Offensichtlich wollten sie ihr Revier
verteidigen, aber es war doch äußerst kühn, sich mit
Nahkampfwaffen Maschinenpistolen entgegenzu-
stellen. Immerhin waren sie schlau genug, spärliche
Deckung hinter parkenden Wagen und niedrigen
Mauern zu suchen. Die Frau mit dem Baby war aufgestanden. Das Kleine heulte, und sie wiegte es im
Arm. Wieso ging sie nicht ins Haus? Fafnir fluchte
und lief auf sie zu. Er durfte sich nicht einmischen,
und das würde er auch auf keinen Fall tun, aber er
konnte sie warnen.

Jetzt bog die Vorhut der Todesschwadron um die
Ecke. Drei Männer in schwarzem Kunstleder und mit
schwarzen Helmen, die zur Vermummung dienten,
lenkten ihre Motorräder genau auf Fafnir zu. Aus
einem Berg aus Müll erhob sich ein alter Mann,
um zu sehen, was solchen Lärm verursachte. Der
rechte Motorradfahrer streckte seinen Arm aus und
drückte den Abzug seiner Uzi. Die Kugeln durchlöcherten den Alten, und er stürzte tot in den Müll.
Fafnirs Sinne waren geschärft, und deshalb sah er den

Mörder hinter dem verspiegelten Visier breit und triumphierend grinsen. Fünf weitere Motorräder tauchten auf. Also waren sie insgesamt zu acht. Spielt keine Rolle, wie viele es sind, sagte sich Fafnir. Du wirst auf keinen Fall gegen sie vorgehen. Diese Killerkommandos agierten auf staatliches Geheiß. Sie hatten den Auftrag, die Straßen von Drogensüchtigen zu reinigen. Es war jedoch nicht die weltlichpolitische Legitimation, die Fafnir die Hände band, sondern die Gesetze der magischen Gemeinschaft. Gesetze, die er repräsentierte.

»Gehen Sie rein!«, rief er der Frau mit dem Säugling zu.

Der Frau rannen Tränen die Wangen hinab, doch sie schüttelte heftig den Kopf. Offenbar erwartete sie drinnen etwas, das ihr mehr Angst einjagte als das anrückende Killerkommando. Mit knirschenden Zähnen stellte Fafnir sich vor sie. Er bemerkte, dass sein Hände sich in den Hosentaschen zu Fäusten geballt hatten. *Du wirst auf keinen Fall eingreifen*, ermahnte er sich im Stillen. *Denk an den Ärger vom letzten Mal.* Andererseits – wenn er angegriffen würde, wäre es etwas ganz anderes. Notwehr.

Jetzt bemerkten ihn die Männer auf den Motorrädern. Einer legte auf ihn an, zögerte dann jedoch. Eine Langnase in schickem Anzug einfach so wegzupusten konnte Ärger bringen. Die Jugendlichen hielten ihre Köpfe unten, und die Frau mit dem plärrenden Säugling ließ sich in die Hocke nieder, als die Killerschwadron vor Fafnir anhielt.

»Was hast du hier zu suchen, Joe?«, knurrte der Vordere unter seinem Visier hervor.

»Mein Name ist nicht Joe«, seufzte Fafnir.

»Verpiss dich lieber!«, schnauzte einer aus der zweiten Reihe.

»Die nächste Girlybar ist da die Straße runter«, sagte der Erste. »Lass dir den Schwanz lutschen, und dann nimm 'n Taxi zurück nach Malate oder Ermita.« Sein behandschuhter Daumen deutete auf die nächste Querstraße.

»Pu'keng ina mo «, sagte einer weiter hinten, der offenbar wollte, dass die Jagd weiterging, und demonstrativ den Schlitten seiner MP nach vorne schnappen ließ. Sein Ausspruch bedeutete so viel wie: *Die Muschi deiner Mutter.*

Nun hätte es Fafnir gut sein lassen können. Er hätte den Blick senken und sich aus dem Staub machen sollen. Aber manchmal schlug seine alte Natur durch, und dann fiel es ihm schwer, sich zu zügeln. Außerdem würde die Motorradgang zweifelsohne die ganze Gegend mit Kugeln spicken, sobald er außer Schusslinie wäre, und die Frau kauerte noch immer mit ihrem Säugling im Arm auf der Veranda.

»Wenn ich auf Nutten aus wäre«, sagte er mit kalter Stimme auf Tagalog, »könnte ich ja gleich hier bei euch bleiben. Mit eurem ganzen Lack und Leder würdet ihr euch sicher gut an einer Go-go-Stange machen.«

Verunsichert blickte der vordere behelmte Mann über die Schulter zu seinen Kameraden. Zwei von ihnen zischten ihm zu, er solle den Dreckskerl kaltmachen, ganz gleich, ob er nun ein Ausländer war. Sie selbst schritten allerdings nicht zur Tat. Es war ein feiger Haufen.

Als sich der Mann wieder Fafnir zuwandte, zog dieser mit betonter Ruhe die Sonnenbrille ab und klemmte ihren Bügel in die Brusttasche seines Jacketts.

»Der Wichser hat uns beleidigt«, »mach ihn fertig«, feuerten die hinteren Männer den Redeführer an. Dieser zog seine Maschinenpistole aus dem Hüfthalfter und hielt sie Fafnir unter die Nase. »Letzte Chance, du …«, setzte er zischend an. Weiter kam er nicht, da Fafnir ihm blitzschnell die Waffe aus der Hand riss, um sie mit einem knackenden Geräusch zwischen den Fingern zu zerquetschen.

»Ganz genau«, knurrte Fafnir, »letzte Chance.« Er fletschte die Zähne, und nun bekam es der Anführer der Killer mit der Angst zu tun. Er zog die zitternde Hand zurück und legte sie um den Gashebel seiner Maschine. Er wollte davonbrausen, doch im selben Moment stieß einer der hinteren Männer einen Fluch aus, richtete seine Waffe auf den Fremden und zog den Abzug.

Fafnir hatte den Angriff kommen sehen. Er packte den Anführer und hielt ihn im letzten Augenblick als lebendiges Schutzschild vor sich. Ein Knattern, und der Körper des Mannes zuckte, als sich Kugeln in seinen Rücken bohrten.

Das war nicht seine Schuld, sagte sich Fafnir. Sie hatten den Kampf begonnen. Eine Kugel traf den Hals des Mannes, Blut spritzte Fafnir ins Gesicht. Das war nicht gut. Der alte Zorn und die alte Kampfeslust stiegen in ihm auf. Er würde sie nur ein wenig aufreiben, keine Toten mehr, ermahnte er sich, und dann legte er los. Als wöge die Leiche des durchlöcherten Anführers nicht mehr als eine Feder, schleuderte Fafnir sie den anderen entgegen. Durch den unvorhergesehenen Aufprall verloren einige das Gleichgewicht, Motorräder kippten auf den Asphalt. Fafnir machte sich das Durcheinander zunutze. Rasch war er bei einem Typen, der auf ihn anlegen wollte. Er verpasste ihm einen Kopfstoß, der den Helm und den Schädelknochen darunter zum Bersten brachte. Hoppla, dachte Fafnir, das war vielleicht eine Spur zu heftig. Außerdem musste er darauf achten, sich nicht zu schnell zu bewegen. Immerhin gab es Zuschauer. Mit so vielen Einschränkungen machte der Kampf kaum Spaß. Ein weiter Mann in schwarzer Kampfkluft legte auf ihn an. Fafnir packte ihn am Unterarm, verdrehte denselben und brach ihn mit seinem Ellbogen. Ein Stoß vor die Brust, und der Mann knallte gegen einen Kameraden. Oh, wie gerne hätte er richtig gekämpft, die Bestie herausgelassen, aber das kam nicht in Frage. Mit präzisen Schlägen und Tritten setzte er einen Gegner nach dem anderen außer Gefecht. Das brachte ihn nicht einmal ins Schwitzen, und seine Hauptsorge galt der Unversehrtheit seines Anzugs. Als alle am Boden lagen, tastete der letzte, der noch bei Bewusstsein war, nach einer Pistole im Gürtel. Fafnir versetzte ihm einen Klaps auf den Hinterkopf, sodass seine Stirn gegen den Tank eines Motorrads knallte.

Eine plötzliche Stille legte sich bleischwer über den Platz, bis die Halbstarken aus ihrer Deckung hervorkamen.

»Ey Alter, das war echt krass!«, sagte einer beeindruckt.

»Reife Leistung, Joe!«, rief ein anderer.

Fafnir ließ seinen Nacken knacken und setzte an: »Meine Name ist nicht … Ach, was soll's.« Er steckte sich eine Zigarette in den Mund, warf der Frau mit dem Baby einen letzten Blick zu, wandte sich ab und ging die Straße hinunter.

Die Halbstarken folgten ihm noch ein kleines Stück, dann drehten sie um. Fafnir zwang sich, kurz über die Konsequenzen nachzudenken. Eine polizeiliche Ermittlung würde es nicht geben. Die Killerschwadronen waren halboffiziell. Wenn sie in Schwierigkeiten gerieten, war das ihr Problem. In weniger als einer halben Stunde waren sowieso keine Beweisstücke mehr übrig. Die Motorräder und die Waffen würden auf dem Schwarzmarkt verkauft werden, und morgen würden die Halbstarken Kunstlederwesten tragen und behaupten, dass sie schon immer ihnen gehört hatten. Die Leichen würden sie mit Hilfe des Viertels im Fluss verschwinden lassen.

Es war alles easy, er musste sich um nichts kümmern. Es sei denn, der Rat bekam Wind von der Sache, dann steckte Fafnir in Schwierigkeiten. Vor einer dunklen Seitengasse hielt er kurz inne. Er zog sein Jackett aus, legte es sich sorgsam über den Arm und knöpfte sich das weiße Hemd, das verräterische Blutspritzer abbekommen hatte, auf. Mit einem Ruck riss er es sich vom Leib. Zusammengeknäult hielt er es in der Hand, konzentrierte sich kurz – und der Stoff ging in Flammen auf. Das war eine Vorsichtsmaßnahme, die vielleicht etwas paranoid war, aber er hatte sich angewöhnt, niemals sein eigenes Blut zurückzulassen. Es gab Hexen, und es gab Wesen, die mit dem Blut großen Schaden anrichten konnten. Er ließ den brennenden Klumpen zu Boden fallen, stöpselte die Ohrstecker ein und ging weiter. Der gute alte Jimmi sang: *Well, I pick up all the pieces and make an island / Might even raise just a little sand / 'cause I'm a voodoo child / Lord knows I'm a voodoo child.*

Fafnir summte mit und hatte den Vorfall von eben bereits so gut wie vergessen.

***

Elisabeth Pfeiffer hockte angespannt auf dem durchgesessenen Sofa und gab sich Mühe, Ruhe zu bewahren, obwohl ihre Sicht hinter den Brillengläsern verschwamm und das leichte Kribbeln im

Bauch sich beinahe zu einem Krampf entwickelt hatte. Angst wäre jetzt ganz schlecht, das wusste sie von Charlotte, die neben ihr im Yogasitz einen guten halben Meter über dem Sofa schwebte und dümmlich grinste. Natürlich schwebte sie nicht wirklich, das war Elisabeth bewusst. Es lag an den mexikanischen Pilzen, die Moritz besorgt hatte. Moritz saß ihnen gegenüber auf dem Boden, flankiert von Georg und Sascha. – Sascha. Er war der eigentliche Grund, weshalb Elisabeth sich hatte breitschlagen lassen mitzumachen. Er sah wie immer tierisch gut aus, während er an einem Joint zog, den rechten Arm locker auf dem angewinkelten Knie abgestützt.

»Abgefahren!«, stieß Georg aus. »Der Teppich … er atmet.«

»Jo, die Wirkung setzt jetzt ein«, sagte Moritz fachmännisch. »Wurde auch Zeit.« Er gackerte. »Fühlt ihr euch auch so … lila?«

»Grün«, sagte die schwebende Charlotte, »alles ist grün.«

Jetzt bemerkte auch Elisabeth, was Georg mit dem atmenden Teppich gemeint hatte. Das rot-braune Muster verschwamm, ordnete sich in einem fort neu, und unmittelbar vor den Jungs blähte sich der ganze Teppich. Er blähte sich und sank wieder hinab, hoch, runter. Elisabeth wurde schlecht, und sie befürchtete, sich übergeben zu müssen. Doch schon war die Übelkeit verflogen, und nun spürte sie die wahre Kraft der Droge. Mit einem Mal fühlte sie sich leicht, unbeschwert und frei. Unwillkürlich lächelte sie.

Zeitsprünge. Die Erfahrungen des weiteren Trips konnte Elisabeth erst nachträglich in eine mehr oder minder sinnvolle Reihenfolge bringen. Im direkten Erleben verschmolz alles zu einem wabernden Kontinuum von Szenen; Vorher und Nachher löste sich auf. Da war eine magische Berührung zwischen ihr und Charlotte. Sie legten die Handflächen aneinander und spürten, wie die Lebensenergie von der einen zur anderen floss. Da war sie, Elisabeth, draußen allein im Garten, den Mond betrachtend. Der volle, runde Mond war riesig und sprach zu ihr in einer fremden Sprache. Und da war sie, wie sie eine Tür öffnete. Auf dem Bett von Moritz' Eltern lagen Charlotte und Sascha. Sie küssten und streichelten sich. Und plötzlich lag auch sie auf einem Bett. Georg presste seinen schweren Körper auf ihren. Seine Zunge in ihrem Mund fühlte sich nass und eklig an. Sie wollte sich wehren, aber ihre Glieder gehorchten ihr nur widerwillig, und sie war zu schwach. Sie spürte Georgs steifes Glied durch seine und ihre Jeans. Jetzt fingerte er an dem Reißverschluss herum. »Nein … lass das«, japste sie, doch Georg hörte sie entweder nicht, oder er ignorierte ihre Worte.

Ihr wurde schummrig und plötzlich verformte sich Georgs Gesicht. Sein ganzer Kopf wurde zu einem einzigen großen Auge. Dem Auge fehlte die Iris, es bestand lediglich aus trübem Weiß und einer schwarz glänzenden Pupille. Auch der Körper auf ihr fühlte sich anders an, als würde sich eine Schlange oder ein Wurm auf ihr winden. Eine tiefe, unheimliche Stimme sagte etwas, das klang wie: *FAILTE HEKATE*.

Dann war das Auge verschwunden, und Georgs Gesicht war wieder dicht über ihrem. Speichel troff ihm aus dem Mundwinkel, und er keuchte erregt, als er seinen Unterleib rhythmisch gegen ihren presste.

»Ich sagte ... aufhören!«, zischte Elisabeth. Auf einmal fühlte sie sich nicht mehr schwach und ausgeliefert, im Gegenteil, sie fühlte sich unglaublich stark. Sie bekam ihre Hände frei und schob sie unter Georgs Brust, dann spannte sie ihre Brust- und Oberarmmuskeln an und drückte. Die Wirkung war erstaunlich. Georg flog förmlich steil nach oben, bis er mit einem dumpfen Aufschlag gegen die Decke prallte. Elisabeth rollte sich rasch weg, und Georg stürzte neben ihr auf das Bett nieder.

»Was ... was?«, stammelte er verdutzt. Er fasste sich an den Hinterkopf, und als er sich die Hand vor die Augen hielt, starrten sie beide darauf. Rotes Blut klebte daran.

Von den Ereignissen verwirrt und noch immer unter dem Einfluss des Psilocybin, brauchte Elisabeth eine Weile, um Moritz zu finden. Sie sagte ihm, Georg habe sich den Kopf gestoßen. Es gab weitere Drogensequenzen, aber irgendwann war die heulende Sirene des Notarztes zu hören, und alle bis auf Moritz ergriffen die Flucht.

Elisabeth konnte sich nicht mehr an den Heimweg erinnern, nur an die Schelte ihres Stiefvaters.

Sie saß mit gesenktem Kopf in der Küche und ließ die Strafpredigt über sich ergehen. Ob sie auch mal an andere denke? Was ihre Mutter alles mit ihr auszustehen habe! Eine saftige Ohrfeige rundete das einseitige Gespräch ab, und Elisabeth schleppte sich ins Bett.

Am nächsten Mittag traf sie sich mit Charlotte in einem Café und erzählte ihr von ihren Eindrücken, wobei sie das unheimliche Auge ausließ.

»So ein Schwein!«, rief Charlotte aus, als Elisabeth von der versuchten Vergewaltigung berichtet hatte. »Immerhin hast du ihm eine Abreibung verpasst, die er so schnell nicht vergessen wird.« Sie lächelte schadenfroh. »Ich habe vorhin mit Moritz telefoniert. Der Arsch liegt mit einer Gehirnerschütterung im Krankenhaus.«

»Aber wie habe ich das eigentlich gemacht?«, fragte Elisabeth. »Ich meine, Georg wiegt sicher achtzig Kilo.«

»Na ja, wir waren ja voll auf Pilzen«, erwiderte Charlotte grinsend. »Auch wenn du dich so daran erinnerst, kann es in Wirklichkeit natürlich ganz anders abgelaufen sein. Vielleicht hast du ihm eine Lampe oder so an den Kopf geknallt.«

Elisabeth nickte nachdenklich. Sie nahm einen kleinen Schluck von ihrem Cappuccino und fragte leise: »Wie war's mit Sascha?«

Charlotte seufzte. »Hey Lizzy, es tut mir echt leid. Das war nicht geplant. Ich weiß auch nicht. Es hat sich irgendwie entwickelt. Die Pilze, das Gras, all das, und plötzlich lagen wir irgendwie in diesem Bett. Mann, das war voll scheiße von mir.«

»Schon gut«, sagte Elisabeth geknickt, »ich habe ja keinen Besitzanspruch auf ihn oder so.«

Charlotte strich sich eine Haarsträhne aus der Stirn und biss sich auf die Unterlippe. »Ich bin deine Freundin, und ich wusste, dass du auf ihn stehst. Ich hab's echt versaut.«

Genaugenommen war Charlotte Elisabeths einzige Freundin, und sie wollte sie nicht verlieren, aber sie musste dennoch nachhaken: »Wird das jetzt was Ernstes zwischen euch?«

Den Blick in ihren Latte Macchiato versenkt, antwortete Charlotte kleinlaut: »Ich bin mir nicht sicher. Könnte schon sein. Bitte sei mir nicht böse.«

Elisabeth rückte ihre Brille zurecht. Sie war ihr nicht böse, nur maßlos enttäuscht. »Ach, scheiß drauf«, schnaubte sie. »Ist eh alles egal. Morgen sitze ich im Flieger.«

Charlotte blickte vorsichtig auf. »Du willst das echt durchziehen?«

Bis gerade eben war Elisabeth sich unsicher gewesen, ob sie die gewonnene Reise wirklich antreten würde, aber jetzt konnte sie mit dem Brustton der Überzeugung sagen: »Auf jeden Fall.«

»Und deine Eltern?«

»Ich habe Mom noch nichts davon erzählt, und Jonas, der Riesenarsch, ist eh froh, wenn ich 'ne Weile weg bin und keinen Ärger mache. Jedenfalls keinen, den er mitbekommt.« Sie lachte gespielt.

»Finde ich echt mutig von dir«, sagte Charlotte mit ehrlicher Bewunderung.

Die beiden Freundinnen wechselten zu angenehmeren Themen. Sie sprachen über Netflix-Serien und die heißen Kerle, die bestimmt an den tropischen Stränden von Thailand auf Elisabeth warteten. Elisabeth versprach, eine Karte zu schicken, und zur Verabschiedung umarmten sie sich. Charlotte drückte Elisabeth fest an sich, während diese sich unwillkürlich versteifte.

Die Reisevorbereitungen verliefen hastig. Elisabeth hatte Europa noch nie verlassen, und sie musste ihren Rucksack heimlich packen. Als ihre Mutter und ihr Stiefvater ausgingen, schrieb sie einen Abschiedsbrief und steckte ihn unter das Kopfkissen ihrer Mutter. Hauptsächlich stand darin, dass man sich keine Sorgen um sie machen müsse und dass sie sich über Skype melden werde.

Elisabeth war von sich selbst überrascht, als sie ihr Gepäck aufgegeben hatte und in der Boarding Area saß, als eine Stimme über Lautsprecher verkündete, dass die Passagiere von Flug 402 nach Dubai nun einsteigen konnten. Noch konnte sie es sich anders überlegen. Aber nein. Wenn sie eines von ihrem verfluchten Stiefvater gelernt hatte, dann, dass man einem geschenkten Gaul nicht ins Maul schaut. Sechs Wochen Thailand, sechs Wochen keine Sorgen. In dem Brief des Reiseveranstalters lag neben ihrer Gewinnbenachrichtigung ein Prospekt, der malerische Bilder zeigte und *eine sorgenfreie Zeit unter tropischen Palmen* versprach. Ausnahmsweise hatte sie einfach einmal Glück gehabt, und das würde sie sich von niemandem nehmen lassen, erst recht nicht von kindischen Ängsten. Sie stand auf und reihte sich in die Schlange ein. Als sie an die Reihe kam, zeigte sie ihren Reisepass und ihr Ticket.

Die Flugbegleiterin riss ein Stück des Tickets ab, lächelte Elisabeth freundlich an und sagte: »Einen angenehmen Flug, Frau Pfeiffer.«

2. KAPITEL

Fafnir ging auf die alte Kirche zu, die aus der Zeit stammte, als die Philippinen noch spanische Kolonie waren. Heftige Regenfälle hatten das Grau der Steinquader verwaschen und die Marienstatue unter dem Torbogen links neben der Eingangspforte hatte die Hälfte ihres Kopfes eingebüßt. Das war einer der Gründe, weshalb die Kirche als verfluchter Ort galt und von den Einheimischen strikt gemieden wurde. Es kursierten eine Menge Spukgeschichten, von denen die meisten einen wahren Kern hatten, wie Fafnir bestens wusste. Er klopfte mit dem Knöchel dreimal gegen die Pforte aus robustem Mahagoniholz und raunte die magische Formel, woraufhin das Schloss knackte. Er schob die Tür auf und schlüpfte durch den Spalt. Die Tür schloss sich selbstständig hinter ihm. Er schritt durch die dunkle und stille Kirche zum Altar. Er legte beide Hände an den kalten Stein und drückte ihn mit übermenschlicher Kraft zur Seite. Unter dem Altar kam eine Treppe zum Vorschein. Ohne zu zögern stieg er hinab in eine Finsternis, die selbst seine Augen nur mit Mühe durchdringen konnten.

Die Treppe mündete in einen Flur, an dessen Ende ein gewaltiges Tor den Weg versperrte. Es bestand aus einem einzigen Stein, in den Knochen eingelassen waren. Eingeritzte Ornamente verzierten es, und ein verschlungener Knoten formte einen Rahmen. Der erste Grenzwächter, der keltische Zauberer Cernunnos, hatte es vor vielen Jahrhunderten angefertigt. Genaugenommen hatte er zwei Tore dieser Art geschaffen, das eine, vor dem Fafnir stand, und ein weiteres exakt siebenundneunzig Schritt am Ende des Raums dahinter. Gemeinsam bildeten sie eine Schleuse. Fafnir ritzte sich mit dem Nagel des rechten Zeigefingers in die Handfläche der linken Hand und legte sie auf den kühlen Stein. Er räusperte sich, dann intonierte er stumm die magischen Worte, die allein ihm und dem Hohen Rat bekannt waren, die jedoch nur zusammen mit seinem Blut die gewünschte Wirkung zeigten. Ein Grollen wie von einer Steinlawine ertönte, ehe sich ihm das Tor öffnete.

»Buenas tardes, Boss«, grüßte ihn Lakamba, der auf der anderen Seite des Tors im Schein zweier Fackeln Wache hielt. Lakamba war Asiate, und wie die meisten Asiaten von kleinem Wuchs. Er war ein guter Mann, pflichtbewusst, höflich und noch älter als Fafnir.

»Alles in Ordnung?«, fragte Fafnir, während sich das Tor geräuschvoll hinter ihm schloss.

»Bis jetzt ist alles ruhig. Schauen wir, was geschieht, wenn du das Portal öffnest.« Lakamba zwinkerte Fafnir zu, ehe sie Seite an Seite den Club betraten. Eigentlich hatte der Club keinen Namen, aber viele nannten ihn Styx, in Anspielung auf den griechischen Fluss der Unterwelt. Hauptsächlich nahm er die Funktion einer Wartehalle ein, ähnlich einer Hotellobby. Manche Pendler schätzen sein Flair so sehr, dass sie Wochen, einige sogar Jahre in ihm verbrachten.

Ein Dauergast war Bragi, der auf einer schlanken Westerngitarre zupfte. Der Bluesklang des Instruments brachte den von zahllosen Kerzen erleuchteten Raum zum Schwingen. An einem runden Tisch saßen Hermeias, Tahuti und Enki zusammen. Sie spielten ein Kartenspiel, das Hermeias selbst erfunden hatte. Soweit Fafnir mitbekommen hatte, stellte es in etwa eine Mischung aus Poker und Skat dar. Alle drei grüßten Fafnir beiläufig, ohne ihr Spiel zu unterbrechen.

Das waren die prominenten derzeitigen Dauergäste. Ihr hohes Alter hatte sie anpassungsfähig gemacht, weshalb sie selbst hier ohne Zwang in menschlicher Gestalt beisammenhockten. Die jüngeren Gäste hingegen glaubten, dass es eine Frage der Selbstachtung und des Stolzes sei, ihre wahre Gestalt zu zeigen, wann immer es möglich war. Ein großes, zottiges Wesen, das auf den Namen Paku hörte, saß allein an einem Tisch und fletschte zur Begrüßung die Reißzähne, als es Fafnirs gewahr wurde. Naftul war eine gehörnte Kreatur mit breiter, schwarz behaarter Brust, die an einem Nischentisch neben Lohril und Mehanta, zwei durchscheinenden Irrlichtgeistern, lungerte. Und dann war da noch der Gnom Mussog, dem Ada gerade ein neues blubberndes Getränk vorsetzte. Ada war eine Sylphe, die sich um die Bewirtung der Gäste kümmerte. Sie, Lakamba, Fafnir und Lorkwin bildeten zusammen die gesamte Belegschaft des Clubs. Ada schenkte Fafnir ein flirtendes Lächeln, während Lorkwin mit verschränkten Armen vor dem zweiten Tor stand, das die Stirnseite des Raums dominierte. Lorkwin nahm die Rolle eines Bodyguards ein. Der Troll überragte Fafnir um zwei Köpfe, hatte lange Arme, die in Klauen endeten, und trug ein Muskelshirt, das seine zähe, ledrige Haut zur Geltung brachte.

»'n Abend, Boss«, grollte er grimmig, als Fafnir zu ihm kam.

»Dann schauen wir mal, was uns heute erwartet«, sagte Fafnir und ritzte sich erneut in die Handfläche. Lorkwin wandte sich Anstand wahrend ab, während Fafnir stumm die magischen Worte sprach, die den Schutzbann aufhoben. Als das Tor sich öffnete, blickte Fafnir auf seine Armbanduhr. In genau sechs Stunden würde er es wieder verschließen.

Hinter dem Tor pulsierte eine abgründige Schwärze. Wenn man lange genug in sie hineinblickte, glaubte man irgendwann, einen feinen blauen Wirbel auszumachen. Aber das war nur der Übergang, die Brücke. Auf der anderen Seite lag eine ganze Welt, die Anderswelt.

»Das Tor ist offen«, sagte Fafnir routiniert. Lorkwin brummte ebenso abgeklärt zurück und nahm auf seinem Stuhl Platz, während Fafnir dezent am Rand des Raumes entlangging. Er stieg die wenigen Stufen zu seinem Séparée hinauf, von wo aus er den gesamten Club überblicken konnte.

Mit einem unterdrückten Seufzer ließ er sich in den gepolsterten Sessel fallen. Aufmerksam wie immer hatte Ada ihm einen Kaffee und die aktuelle Zeitung auf den Glastisch gelegt. Fafnir trank einen Schluck, steckte sich eine Zigarette in den Mund und nahm die Zeitung zur Hand. Im Prinzip übte er die Tätigkeit eines Zöllners aus. Wer aus der Anderswelt in die Welt der Menschen wollte, kam durch das Tor und meldete sich bei ihm. Wenn Fafnir keine Bedenken hatte, ließ er den Reisenden passieren. Hegte ein Langlebiger den Wunsch, die Anderswelt zu besuchen, schrieb er zuvor Fafnir eine Email oder rief ihn an. Dann prüfte Fafnir den Antragsteller und entschied, ob er das Gesuch bewilligte. Aktuell wollte niemand in diese Richtung reisen, und deshalb galt es nur abzuwarten, ob jemand aus der Anderswelt erschien. Der Club diente lediglich als Komfortzone. Man konnte die Alten nicht einfach in einer Schlange warten lassen. Außerdem war dadurch das vom Hohen Rat diktierte, strenge Sicherheitsprotokoll besser einzuhalten.

Fafnir war gerade mit dem Politikteil der Zeitung durch, und Bragi spielte mittlerweile Hirtenlieder auf einer Flöte, als sich der erste Besucher materialisierte. Das Wesen hatte den stark behaarten Oberkörper eines Mannes, sein Unterleib jedoch ähnelte dem eines Ziegenbocks. Aus seinem im Verhältnis zum Rest seines Körpers kleinen Kopf wuchsen gebogene Hörner. Ein Waldgeist, genaugenommen ein Faun. Er schüttelte sich, wobei sein unbedecktes und eindrucksvolles Gemächt klatschend gegen seine Schenkel schlug.

Fafnir legte die Zeitung beiseite und wechselte vom Sessel auf den Stuhl hinter dem Schreibtisch. Aus der Schublade holte er das schwere, in Leder gebundene Buch, legte es vor sich auf den Tisch und schlug es auf.

»Gagahn Hainrim«, stellte Lorkwin den Faun vor, als er den Neuankömmling zu Fafnir geführt hatte. »Er beantragt eine Einreise in die Menschenwelt.«

»Bitte nehmen Sie doch Platz«, lud Fafnir den Faun mit einer höflichen Geste ein. Er wartete geduldig, bis der Hainrim es sich ihm gegenüber auf dem freien Stuhl gemütlich gemacht hatte. »Sie beantragen also eine Einreisegenehmigung?«

»Jarrr, ich möchte meinem ältesten Sohn einen Besuch abstatten«, sagte der Waldgeist in einem eigentümlichen Singsang. Seine Aussprache war korrekt, aber die Art, wie er sprach, verriet, dass er nur selten redete.

Fafnir schrieb auf: *Gagahn Hainrim – Faun – will seinen Sohn besuchen.*

»Der Name des Sohns?«

»Erklun Hainrim«, antwortete der Faun.

»Kennen Sie seinen menschlichen Namen?«

»Nein«, gestand der Faun niedergeschlagen.

»Wann waren Sie zuletzt in der Menschenwelt?«

»Öhhhrrr«, machte Gagahn. »Das ist eine Weile her. Wir waren in Böhmen, es herrschte Krieg.«

»Wurde mit Degen, Pistolen und Kanonen gekämpft?«, hakte Fafnir nach.

Der Faun nickte eifrig.

Letzter Besuch, circa 1618, trug Fafnir ein. »Gut«, sagte Fafnir und sah dem Antragsteller in die unsteten braunen Augen. »Seit damals hat sich einiges geändert. Trauen Sie sich zu, sich allein zurechtzufinden?«

»Sicherrr«, erwiderte der Faun.

»Auch die Regeln haben sich verschärft«, sagte Fanir streng. »Erinnern Sie sich an die alten?«

»Immer nur in menschlicher Gestalt in die Öffentlichkeit«, sagte der Faun nervös. »Keine Einmischung in die menschlichen Angelegenheiten. Keine Beeinflussung, keine Zwingtänze …«

»Überhaupt keine Magie«, präzisierte Fafnir.

»Keine Magie«, wiederholte der Faun rasch, um nach einer kurzen Pause hinzuzufügen: »Darf ich mich jetzt auf die Suche nach meinem Sohn machen?«

»Zeigen Sie mir bitte Ihre menschliche Gestalt«, forderte Fafnir.

Der Faun verzog den Mund und kniff konzentriert die Augen zusammen. Seine Hörner verschwanden im Kopf, und seine Brustbehaarung reduzierte sich auf ein normales Maß. Fafnir erhob sich halb und betrachtete den Unterkörper von Gagahn. Auch dieser war menschlich geworden. Zufrieden setzte sich Fafnir wieder.

Er schenkte seinem verunsicherten Gegenüber ein ermutigendes Lächeln. »Ich wünsche Ihnen viel Glück und eine schöne Zeit mit Ihrem Sohn. Solange Sie keine Schwierigkeiten machen, genießen sie ein zeitlich uneingeschränktes Aufenthaltsrecht.« An die Regeln und Gesetze, die schon sehr lange unter den Alten galten, musste Fafnir ihn nicht erinnern. Jeder, der aus der Anderswelt kam, kannte sie, und wer dagegen verstieß, musste sich hier wie dort dem Richtspruch des Hohen Rates unterwerfen.

Der Faun erhob sich. »Danke«, sagte er mit belegter Stimme. Offenbar musste er sich erst an die neuen Stimmbänder gewöhnen. Die Umstellung würde sich noch in anderen Bereichen bemerkbar machen, aber Fafnir glaubte, dass Gagahn sich schon zurechtfinden würde, und falls nicht … Er notierte seine Handynummer auf einen Zettel und reichte ihn dem Faun. »Rufen Sie mich an, wenn Sie Probleme bekommen sollten.«

Gagahn nahm den Zettel entgegen und betrachtete ihn irritiert.

»Die Welt der Menschen ist technisch weit fortgeschritten«, erklärte Fafnir. »Lakamba wird Ihnen dazu noch ein paar Dinge sagen, und er wird Ihnen auch Kleider für den Anfang geben.«

»Gesegnet sei der gütige Torwächterrrr«, sagte der Faun hölzern, aber ehrlich dankbar.

»Lorkwin!«, rief Fafnir den Bodyguard herbei. »Bring den Einreisenden zu Lakamba.«

Der Troll brummte und nahm den Faun unter seiner Fittiche.

Eine halbe Stunde später sah Fafnir den Faun in Jeans und Sweatshirt gemeinsam mit Lakamba an einem Tisch sitzen. Lakamba würde ihm alles Wichtige für den Start erklären, und später würde Fafnir ihm das Tor in die moderne Welt öffnen.

Zwei weitere Personen tauchten in dieser Nacht im Styx auf. Die eine war Rakesha, eine Pendlerin, die in regelmäßigen Abständen von einer Welt in die andere reiste. Sie war eine Dschinniya. Da es mit ihr nie Schwierigkeiten gegeben hatte, verlief das Gespräch routinemäßig und locker. Fafnir kannte sie schon lange, und er mochte ihren scharfsinnigen Humor. Rakesha handelte mit Informationen, aber solange sie sich dabei unauffällig verhielt, war dagegen nichts einzuwenden. Die Wartezeit verbrachte sie allein an einem Tisch. Sie schaute gerade von einer mitgebrachten Schriftrolle auf, und Fafnir hoffte auf einen flirtenden Blick, als der dritte Weltenwanderer auftauchte. Die hochgewachsene, schlanke Gestalt war auf den ersten Blick menschlich, auf den zweiten bemerkte Fafnir die ungesund blasse Haut und die hungrigen Augen im Gesicht des Mannes, dessen schmallippiger Mund zu einem verächtlichen Lächeln verzogen war. Ein Vampir. Fafnir seufzte. Das würde Ärger geben. Abgesehen davon, dass er Untote nicht leiden konnte, hatte er durch seine lange Erfahrung ein Gespür dafür entwickelt, wer Probleme machen würde. Er nahm bewusst ruhig einen Schluck von seinem vierten Kaffee, stand auf und zog hinter den Schreibtisch um.

Der Vampir überholte Lorkwin und platzte in Fafnirs Büro herein.

»Guten Abend«, zischte er.

»Guten Abend«, erwiderte Fafnir in höflicherem Ton. »Nehmen Sie doch bitte …«

»Ich stehe lieber«, unterbrach der Vampir.

»Soll ich bleiben, Boss?«, fragte Lorkwin brummend.

»Das ist nicht nötig«, sagte Fafnir gelassen, woraufhin der Troll mit den Schultern zuckte und sich abwandte, um auf seinen Posten zurückzukehren.

Ein hinterhältiges Grinsen huschte über die leichenblasse Miene des Vampirs. »Mein Name lautet Flavius Georgescu. Ich falle unter die Regelung für politisch Verfolgte. Zwei meiner Kinder wurden ermordet – gelyncht, um genau zu sein. Ich verlange daher Asyl in der Menschenwelt.«

Wenn man log, war es immer gut, sich so weit wie möglich an der Wahrheit zu orientieren. Fafnir bezweifelte nicht, dass seine Kinder, also von dem Vampir Verwandelte, hingerichtet worden waren. Allerdings hatte es dafür vermutlich gute Gründe gegeben. Fafnir machte sich erst gar nicht die Mühe, den angeblichen Namen nachzuschlagen, stattdessen schlug er das dicke Buch an der Stelle auf, wo sich die rote Liste befand. Bereits auf der dritten Seite fand er den Eintrag: *Akos Varga – Vampir; verwandelt im 14. Jahrhundert in Ungarn; beteiligte sich später an dem Sächsischen Bruderkrieg auf Seite des Kurfürsten Friedrich II.; danach Übersiedlung in die Anderswelt;* wichtiger Hinweis: *1920 A. D. kehrte A. Varga in die Menschenwelt zurück, um auf der Insel Saba sesshaft zu werden; dort wurde er bekannt als* Herrscher der Nacht; *er tötete zahllose Menschen und errichtete eine Dynastie, bis der Hohe Rat auf seine Machenschaften aufmerksam wurde; mit Feuer und Schwert wurde seiner Herrschaft ein jähes Ende bereitet, und A. Varga wurde verbannt.*

Fafnir räusperte sich. Jetzt erinnerte er sich vage. Nach dem 2. Konzil, im Jahr 1918, kam es zu Massenabschiebungen. Viele Alte hielten sich nicht an die neu beschlossenen Gesetze. Der Rat griff hart durch, und Fafnir öffnete den straffällig Gewordenen das Tor in die Verbannung. Aber es waren damals so viele gewesen, dass er sich unmöglich jedes Gesicht hatte einprägen können – zumal Gesichter sich verändern konnten.

»Habt ihr nicht gehört?«, stieß der Vampir ungehalten aus. »Ich ersuche um Asyl.«

»Ich habe Sie gehört, Akos Varga«, sagte Fafnir, ohne mit der Wimper zu zucken. Er beobachtete die Reaktion seines Gegenübers genau.

Bei der Erwähnung seines richtigen Namens fletschte der Vampir unwillkürlich die Zähne und kniff die Augen leicht zusammen. Ertappt worden zu sein, machte ihn jedoch keineswegs reumütig. »Du wirst mir das Tor öffnen, alter Wurm«, schäumte der Vampir drohend. Irgendwie gelang es ihm, gleichzeitig unterkühlt und zornig zu sein.

»Ihr Tor ist bereits offen«, erwiderte Fafnir trocken. »Ich fordere Sie auf, hindurchzugehen und nicht wiederzukommen.«

»Du forderst mich auf, ja?«, schnaubte Akos. »Und was, wenn ich mich weigere? Wenn ich meine Reißzähne in deinen Hals bohre und dein Blut trinke?«

Fafnir faltete die Hände. Es war Zeit für eine kleine Machtdemonstration. Er änderte nicht wirklich die Gestalt, sondern ließ den Vampir lediglich einen kurzen Moment lang eine Ahnung davon bekommen. Im Schein der Kerzen wurde der Schatten von Fafnirs wahrer Erscheinung an die Wand geworfen. Er drehte den Kopf leicht, sodass der Vampir die lange Schnauze sehen konnte. Die Reißzähne von Akos mochten einen Menschen in Angst und Schrecken versetzen, aber verglichen mit denen von Fafnir waren sie ein schlechter Witz. Mehr als die langen, spitzen Zähne musste den Vampir entsetzen, was zwischen ihnen herauskommen konnte, wenn Fafnir sein Maul im Zorn aufsperrte. In früheren Zeiten war einer seiner zahlreichen Beinamen *Flammenbringer* gewesen, und Vampire hatten ein ziemliches Problem mit Feuer.

»Verschwinde«, grollte Fafnir mit dröhnender Stimme, »oder ich verwandle dich in Asche.«

Einen Augenblick lang glaubte Fafnir, Akos würde auf ihn losgehen, doch der besann sich und entschied sich anders. Er beugte sich leicht nach vorn und zischte: »Eines Tages werde ich zurückkehren, Grenzwächter. Ich werde nicht allein sein, und ich werde dich vernichten.«

»Und ich freue mich schon auf das Freudenfeuer, das ich dann über dich und die deinen bringen werde«, fauchte Fafnir. Er war an Drohungen gewöhnt, und wenn auch seine kriegerischen Zeiten hinter ihm lagen, traute er sich durchaus zu, mit ein paar Vampiren fertig zu werden. Er beobachtete, wie Akos mit langen Schritten auf das Tor zuhielt. Davor angekommen, drehte er sich noch einmal um – wahrscheinlich um einen weiteren Fluch auszusprechen, doch dazu kam es nicht. Lorkwin verpasste ihm einen groben Schubs, und der Vampir entmaterialisierte sich von dieser Ebene. Fafnir runzelte die Stirn, ehe er in dem Buch den Auftritt des Vampirs vermerkte.

Die letzten anderthalb Stunden der Schicht verbrachte er brütend. Nur gelegentlich sah er zu Rakesha hinab, doch sie war in ihre Schriftrollen vertieft und erwiderte seine Blicke nicht. Was hatte der Vampir mit seinem Auftritt bezwecken wollen? Er hatte sich doch ausrechnen können, dass man ihm auf die Schliche kommen und ihn abweisen würde. Fafnir wurde den Verdacht nicht los, dass er ihn nur hatte testen wollen. Wie ein Kundschafter, der dem Heer vorausreitet, um die Macht des Feindes einzuschätzen.

Er würde mit dem Hohen Rat Kontakt aufnehmen und ihn warnen müssen.

Kurz vor der Dämmerung erhob sich Fafnir. Er bedankte sich bei Ada für die Bewirtung, während Lorkwin den Faun Gagahn und Rakesha auf die Schultern tippte, damit sie sich bereit machten. Fafnir verschloss das Tor in die Anderswelt und ging dann voran zu jenem Tor, das in die Menschenwelt führte. Lorkwin und Lakamba hielten mit den zwei Reisenden Abstand, während Fafnir im Fackelschein das Tor öffnete. Als der Weg frei war, wünschte Fafnir den beiden Wächtern, die meistens in einem Hinterzimmer des Clubs schliefen, einen erholsamen Tag und bat Rakesha und den Faun voranzugehen. Er versiegelte das Tor und folgte ihnen nach, die Treppen hinauf in die Kirche. Oben löste er den einfachen Bindezauber und schob die Mahagonitür auf.

Tropische Großstadthitze schlug ihnen entgegen. Der Faun, dem die behelfsmäßige Kleidung mehr schlecht als recht stand, bedankte sich noch einmal überschwänglich und hastete mit unsicheren Schritten hinaus in die Dämmerung. Rakesha blieb neben Fafnir stehen, während er die Tür hinter ihnen schloss, was seine Hoffnung, sie könnten den hereinbrechenden Tag gemeinsam verbringen, erneut aufkeimen ließ. Seite an Seite gingen sie über den freien Platz vor der Kirche und bogen dann in eine enge Gasse ein. Die führte sie zu einer breiteren Straße, an der Taxis parkend auf Kundschaft warteten.

»Danke für dein Geleit«, sagte Rakesha, wobei sie zärtlich über Fafnirs Arm strich.

»Wenn du willst, kannst du mit zu mir kommen«, bot Fafnir an.

Rakesha lächelte, schüttelte jedoch den Kopf. »Ich reise direkt weiter und nehme den nächsten Flug nach Taipeh. – Geschäfte«, fügte sie mit einem bedauernden Unterton hinzu.

»In dem Fall wünsche ich eine gute Reise und viel Erfolg«, sagte Fafnir, ohne sich seine Enttäuschung anhören zu lassen.

Ein Taxifahrer war auf sie aufmerksam geworden und tuckerte auf sie zu.

Rakesha drehte sich noch einmal zu Fafnir um. Sie blickte mit ihren violett schimmernden Augen zu ihm auf und sagte ohne jede Koketterie: »Pass auf dich auf.«

Fafnir blinzelte. Der Ernst ihres Tonfalls passte nicht zu Rakesha. »Pass du auch auf dich auf«, sagte er noch, aber sie hatte sich bereits abgewandt. Fafnir sah ihr nach, wie sie eilig ins Taxi einstieg.

Hatte sie ihn warnen wollen? Aber wovor? Er steckte sich eine Zigarette in den Mund und hob die Hand, um einem Taxifahrer zu signalisieren, dass er ebenfalls von hier verschwinden wollte.

***

Schlaf wurde Fafnirs Meinung nach allgemein unterschätzt. Die Menschen, vor allem jene in dieser hektischen Zeit, glaubten, zu schlafen raube ihnen Zeit. Dabei gab es doch kaum etwas Schöneres als auszuruhen und zu träumen. Er gähnte ausgiebig, begleitet von einem tiefen Grollen. Wohlig wechselte er die Lage seines Kopfes auf die linke Vordertatze. Fafnir schätzte den Schlaf so sehr, dass er ihn absichtlich hinauszögerte, ganz so wie ein Whiskyliebhaber einen erlesenen Single-Malt nicht einfach hinunterkippt, sondern an ihm schnuppert und Rituale erfindet, nur, um in süßer Vorfreude zu schwelgen. Nach dem 1. Konzil, auf dem beschlossen worden war, dass magische Wesen sich nicht mehr offen zeigen und Menschen allein in Notwehrsituationen getötet werden durften, hatte sich sein Speiseplan radikal verändert. Seither bestanden Fafnirs Hauptfreuden aus Sex und Schlaf. Ehe Cernunnos sich zur Ruhe gesetzt und er dessen Platz eingenommen hatte, hatte er ganze Jahrhunderte schlafend zugebracht. Seit er die Verantwortung für die Tore trug, hatte er sich daran gewöhnen müssen, einen strikten Rhythmus einzuhalten.

Dass die Wonne des Ausruhens begrenzt war, machte sie umso süßer. Er hob die Spitze seines langen Schwanzes, ließ sie wieder fallen und rollte sie ein. Auch wenn er sich gut an seine menschliche Gestalt gewöhnt hatte, war es stets befreiend, sich so zu geben und zu fühlen, wie er wirklich war. Das war ihm, von seltenen Ausnahmen abgesehen, nur hier möglich. Hier in dem Gebäude, das er vor siebzig

Jahren gekauft und seinen Bedürfnissen angepasst hatte. Fafnir hatte sein Vermögen schon immer zusammengehalten, aber als er die Anfrage des Rates angenommen hatte, war er so reich entlohnt worden, dass er sich viele Jahrhunderte lang keine Sorgen mehr um Geld zu machen brauchte. Das vierstöckige Gebäude, das er sein Eigen nannte, war zur Zeit der amerikanischen Kolonialherrschaft als Auslandsfirmensitz eines großen amerikanischen Unternehmens gebaut worden. Nach dem 2. Weltkrieg und dem Rückzug der Amerikaner von den Philippinen war es an die Stadt gefallen, von der Fafnir es zu einem Schleuderpreis erworben hatte.

Fafnir leistete es sich, die unteren Stockwerke leerstehen zu lassen. Aus dem obersten hatte er alle nicht tragenden Elemente und Wände entfernen lassen. Die Fenster der langen Glasfronten waren durch getönte ersetzt worden. So konnte er hinausschauen auf die ihn umgebende Großstadt und sich im Mond- und Sternenlicht baden, während er vor neugierigen Blicken von außen geschützt war. Die einzigen Möbelstücke bestanden in einem Sekretär, auf dem ein Computermonitor stand, einem Stuhl, einem Tisch und einem Bücherregal. Außerdem besaß er einen Beamer und ein modernes Surround-Soundsystem, für die seltenen Gelegenheiten, wenn ihm danach war, einen Filmklassiker an die einzige weiße Wand zu projizieren. Alles in allem war es die behaglichste Wohnstätte, in der er je gelebt hatte – kein Vergleich zu den feuchten

44

Höhlen, in denen er in früheren Zeiten gehaust hatte. Endlich schloss er seine Reptilienaugen, und der Schlaf legte sich schwer und angenehm auf seinen Geist.

Er war kaum vollends in der Traumwelt angekommen, als ein schriller Ton ihn weckte. Jemand hatte die versteckte Klingel betätigt. Fafnir hob müde den Kopf und blickte auf den winzigen Bildschirm, der in schwarz-weiß zeigte, was die Überwachungskamera unten über der Eingangstür live aufnahm. Eine Frauengestalt in hellem Hosenanzug. Kurze, schwarze Haare. Jetzt zeigte sie der Kamera ihr Gesicht, und plötzlich war Fafnir hellwach. Es war Kali, die vor seiner Tür stand. Sie war Mitglied des Hohen Rates, und sie war sicher nicht gekommen, um ihm einen Freundschaftsbesuch abzustatten.

Fafnir brummte und streckte die rechte Klaue aus. Mit der Spitze des langen Nagels betätigte er den Türöffner. Da Kali nicht schädelbehangen und sechsarmig auftauchte, war es wohl angesagt, dass auch er in menschliche Gestalt wechselte. Ein kurzer Schauder, begleitet von dem gewohnten Stechen – und Fafnir war Fernando, ein gutaussehender Mann Mitte Vierzig, der etwas verloren in einer riesigen Halle stand. Er hörte Kalis Schritte auf der Treppe. Wie jemand geht, sagt viel über seine Stimmung aus. Kalis Schritte waren eilig und forsch. Nein, es würde kein Freundschaftsbesuch werden, bei dem man gemütlich über alte Zeiten plauderte. Er öffnete die Tür, und sie rauschte hinein.

»Wir haben ein Erwachen«, sagte sie, ohne einen Gruß voranzuschicken.

Fafnir war nicht auf Besuche eingestellt, daher blieb ihm nur, auf den Stuhl vor dem Sekretär zu deuten.

Kali funkelte ihn an, steuerte dann jedoch auf den Stuhl zu. Sie setzte sich, und Fafnir lehnte sich an den Tisch ihr gegenüber.

»Steht dir ausgezeichnet, die neue Frisur, meine ich«, sagte er, um die Atmosphäre etwas aufzulockern.

»Ich sagte, wir haben ein Erwachen. Eshu ist sich vollkommen sicher.«

Das war in der Tat eine bemerkenswerte Neuigkeit. Soweit Fafnir wusste, war seit über hundertfünfzig Jahren niemand mehr erwacht. Offenbar war Kali nicht offen für Nettigkeiten, daher tat er ihr den Gefallen und fragte nüchtern: »Um wessen Atma handelt es sich, und welches Gefäß wurde erwählt?« Atma bezeichnete im indischen Kulturkreis so etwas wie die Seele, das Selbst, die ewige Essenz eines Wesens. Wenn früher einer der Alten gestorben war, hatte er sich einen neuen Körper gesucht und da weitergemacht, wo er aufgehört hatte. Seit der Aufklärung waren die meisten Tode der Alten endgültig, und mit Beginn der Industrialisierung hatte es überhaupt kein Erwachen mehr gegeben.

»Bislang kennen wir lediglich das Gefäß. Eine junge Frau aus Deutschland«, sagte Kali mit frostigem Blick.

»Na schön«, meinte Fafnir, »schafft sie zu mir, und ich geleite sie in die Anderswelt.« Das war das naheliegende Vorgehen. Eine frisch Erwachte vereinigte zwei Persönlichkeiten in sich. Bis die Angleichung und Übernahme abgeschlossen war, stellte sie einen Risikofaktor dar. Daher war es sinnvoll, sie erst einmal in die Anderswelt zu bringen, wo sie kein Aufsehen erregen konnte – jedenfalls nicht vor menschlichen Zeugen.

»Ich will, dass du dich ihrer persönlich annimmst«, sagte Kali.

»Ich? Wieso denn ...«

Weiter kam Fafnir nicht, da Kali ihm über den Mund fuhr: »Lakamba wird initiiert, und er wird deine Aufgabe übernehmen, bis du zurück bist.«

Fafnir hätte sich jetzt gerne an einem Glas festgehalten, aber er hatte nichts Trinkbares im Haus. Das Ganze ergab keinen Sinn, noch nicht.

»Willst du mir sagen, was wirklich los ist?«

Kali schnaubte. »Das darf ich nicht. Aber ich sage dir so viel: Wenn zwei große Ereignisse zeitlich zusammenfallen, erregt das mein Misstrauen.«

Fafnir forderte sie mit einem Blick auf weiterzusprechen.

Kali seufzte und setzte hinzu: »Es gab einen Ausbruch aus Tartaros.«

Anders als die Griechen glaubten, war Tartaros kein Teil der Unterwelt, des Hades, sondern ein real existierendes Gefängnis. Ein Hochsicherheitsgefängnis, aus dem niemand jemals ausgebrochen war. Kurz dachte Fafnir an Akos Varga, aber der Vampir war mitnichten mächtig genug, um aus Tartaros zu entfliehen. Keiner war das, vor allem nicht ohne Hilfe von außen.

»Woraufhin der Rat entschieden hat, geschlossen in die Anderswelt zu ziehen, um den Fall zu untersuchen«, schlussfolgerte Fafnir.

Kali stimmte nicht zu, widersprach jedoch auch nicht, und das war Bestätigung genug.

Fafnir fuhr sich über die Stirn. Wenn Gefahr drohte, ging der Hohe Rat stets wie eine Person vor. Das hatte sich bewährt. Es gab nichts auf der Welt, das der gebündelten, gemeinsamen Kraft von Bathala, Widar, Vishnu, Eshu und Kali trotzen konnte.

Dennoch hatte Fafnir kein gutes Gefühl bei der Sache. »Haltet ihr es wirklich für eine kluge Idee ...«

Kali zischte erbost, und Fafnir entging nicht, dass sie selbst Zweifel an dem Vorgehen hatte. Ihre Worte jedoch wiesen ihn zurecht: »Erzähle du mir nichts von Klugheit oder Besonnenheit. Ein Grenzwächter, der auf offener Straße Sicherheitskräfte aufmischt! Du hast doch nicht etwa geglaubt, wir würden davon nichts erfahren?«

Er hätte sich damit verteidigen können, dass es sich um eine Killerschwadron gehandelt hatte und er nur die Menschen hatte schützen wollen, aber das wäre keine Entschuldigung gewesen, die Kali hätte gelten lassen. Vor allem nicht dafür, dass er sich hatte ertappen lassen. Daher blieb ihm nur, das Thema zu wechseln: »Du sagtest, das Gefäß lebt in Deutschland.«

»Keine Sorge, du kannst in tropischen Gefilden bleiben. Elisabeth Pfeiffer ist gerade auf dem Weg nach Bangkok. Dein Flug geht morgen Vormittag.«

Damit zückte sie ein Flugticket aus der Brusttasche und reichte es Fafnir. Er legte es auf dem Sekretär ab und nickte.

Nun, da er zugestimmt hatte, sich um die Sache zu kümmern, schien Kali sich ein wenig zu entspannen. »Falls es irgendwelche unerwarteten Schwierigkeiten geben sollte, wendest du dich an Cromm.«

»Du weißt, ich verabscheue diese aufgeblasene Made.«

Kali funkelte ihn wütend an, zuckte dann jedoch resigniert mit den Achseln und sagte in ruhigem Tonfall: »Und du weißt, er beherrscht Bangkok. Außerdem war er immer ein treuer Diener des Rates.«

Solange es dem aalglatten Seelenfresser in den Kram passte, dachte Fafnir, behielt seine Skepsis jedoch für sich. Kali interpretierte sein Schweigen als Zustimmung, womit die Geschäfte erledigt waren. Blieben zwei Unsterbliche mitten in der Nacht unter dem orangenen Himmel von Manila.

Kali erhob sich, rasch und gleichzeitig so anmutig, wie es nur ihr möglich war. Ihr Gesicht näherte sich dem Fafnirs auf Flüsternähe. »Brauchst du deinen Schönheitsschlaf«, raunte sie, »oder wollen wir diese Körper zum Schwitzen bringen?«

Fafnir grinste. Eine uralte Unterbliche abzuweisen, war nie eine gute Idee. Allerdings stand ihm auch gar nicht der Sinn danach. Er packte sie mit beiden Händen an den Hüften, hob sie hoch und setzte ihren strammen Hintern auf dem Sekretär wieder ab. Kali warf lustvoll ihren Kopf in den Nacken, als Fafnir ihren Slip entzweiriss.

3. Kapitel

Es fühlte sich an, als liefe sie gegen eine Wand. Elisabeth musste sich kurz am Geländer der Gangway festhalten. Ihr schwindelte. Die Hitze war erdrückend, aber irgendwie auch angenehm, wie in einer Sauna. Sie war das erste Mal in den Tropen. Hinzu kam jedoch, dass ihre Wahrnehmung verrückt spielte. Es musste sich um eine Nachwirkung des Pilztrips handeln. Ihre Sinne waren in einem Maß geschärft, dass es anstrengend war. Bei ihrem dreistündigen Aufenthalt in Dubai hatte sie kein Auge zubekommen, weil sie jedes kleinste Geräusch überlaut gehört hatte. Dafür hatte sie den gesamten Flug von Dubai nach Bangkok verschlafen. Trotzdem fühlte sie sich nicht erholt, als sie die Gangway hinabstieg. Wilde, bizarre Träume hatten ihren Schlaf bestimmt. An einen erinnerte sie sich ganz deutlich. Drei Löwinnen hatten sie umzingelt, aber nicht, um ihr wehzutun, im Gegenteil, sie hatten sich an sie geschmiegt. Auch jetzt spürte sie noch das Fell an ihrer Haut. Trotz des Backofens um sie herum schauderte sie und hoffte, dass dieser Hangover bald endete. Sie wollte sich ganz auf ihre Reise einlassen.

Sie stieg in den Shuttlebus und setzte sich an einen Fensterplatz. Ein Pärchen, das ihr bereits im Flugzeug aufgefallen war, ließ sich auf die Plätze neben ihr nieder. Die junge Frau lächelte sie an, und der blonde junge Mann fragte mit stark französischem Akzent auf Englisch: »Bist du zum Arbeiten oder zum Urlaub machen hier?«

»Urlaub«, sagte Elisabeth. »Und ihr?«

»Wir machen ein freiwilliges soziales Jahr bei einer NGO.«

»Auf einer Tierpflegestation im Norden«, ergänzte die junge Frau. Sie war etwa im gleichen Alter wie Elisabeth, trug ihr langes, braunes Haar offen und hatte einen Nasenring.

Der Bus fuhr los Richtung Terminal.

»Aber wir haben noch zwei Wochen Zeit«, fuhr die Französin fort. »Wir wollen erst mal ein wenig abspannen.«

Sie unterhielten sich weiter, und Elisabeth erfuhr, dass Chloé und Pascal ebenfalls gerade die Schule abgeschlossen hatten. Chloé, die ihr auf Anhieb sympathisch war, schien eine echte Idealistin zu sein. Gemeinsam machten sie sich über die dickleibigen Sextouristen lustig. Elisabeth hielt sich dabei die Hand vor den Mund, Chloé hingegen legte es geradezu darauf an, dass die schwitzenden Männer hörten, was sie sagte. Nacheinander passierten sie die Passkontrolle, wo sie ihre Visa erhielten und den obligatorischen Stempel in ihre Reisepässe. Danach warteten sie vor dem u-förmigen Rollband, bis jeder seine Gepäckstücke entdeckte. Pascal wollte Elisabeth helfen, aber sie schwang ihren Rucksack mit solcher Leichtigkeit auf den Rücken, dass er die Hände bei sich behielt.

»Wir können die Stadt zusammen erkunden«, bot Chloé an. »Was hältst du davon?«

»Super gern«, erwiderte Elisabeth, während sie am Zoll vorbeigingen.

»Cool«, sagte Pascal. »Wir sollten uns auf jeden Fall den Night Market in Patpong ansehen.«

Ein Nachtmarkt. Das klang spannend. Elisabeth hatte zwar eigentlich eine Pauschalreise gewonnen, aber sie wollte lieber mit ihren neuen Freunden unterwegs sein. Außerdem fühlte sie sich ein wenig schuldig, als Touri angereist zu sein. Chloé hatte am Rollband gesagt, es gäbe einen Unterschied zwischen Reisenden und Touristen. Der Reisende wisse nicht, wohin er gehe, der Touri nicht, wo er gewesen sei. Elisabeth wollte definitiv lieber eine Reisende sein. In der stickigen, drückenden Luft lag der Geruch von Abenteuer. Im Empfangsbereich stand ein Mann, der ein Pappschild hielt, auf dem ihr Name stand. Sie drehte den Kopf zu Chloé und ging an ihm vorbei.

»Habt ihr schon ein Hotel ausgesucht?«

»Ein Hostel«, antwortete Chloé. »Es ist günstig und liegt nicht an der Kao-San, wo die ganzen Idioten abhängen.«

»Perfekt«, sagte Elisabeth, auch wenn sie keine Ahnung hatte, was die Kao-San war. Ihr wurde bewusst, wie schlecht sie sich auf diese Reise vorbereitet hatte. Aber das war nicht weiter schlimm, ihre neuen Freunde schienen sich im Vorfeld gut erkundigt zu haben.

Sie verließen den Flughafen, und Elisabeth war fast ein wenig enttäuscht, wie geordnet es hier zuging. Sie reihten sich in einer Schlange ein und warteten, bis sie an der Reihe waren, in ein Taxi zu steigen.

Kaum hatten sie den Flugplatz hinter sich gelassen, verpuffte die Enttäuschung und machte freudiger Erregung Platz. Auf den Straßen ging es chaotisch zu. Niemand schien sich an Verkehrsregeln zu halten. Lautes Hupen drang durch die Scheiben des Taxis und trällernde Musik, die aus Bussen drang. Beinahe hätten sie eine Rikscha überfahren, die ihnen die Vorfahrt nahm, aber der Taxifahrer bremste gerade noch rechtzeitig ab. Alles war bunt, ein lärmendes, hektisches Durcheinander, und das Gefühl, in der Fremde angekommen zu sein, verstärkte sich durch die Schriftzüge in der Landessprache, deren Bedeutung Elisabeth nicht einmal im Ansatz erraten konnte. Jetzt war sie also tatsächlich in Bangkok, und ihr altes Leben lag weit entfernt hinter ihr. Es kam ihr beinahe schon wie ein Traum vor.

Das Hostel lag in einer Seitenstraße und wurde von einer alten thailändischen Dame betrieben. Ein junger Bursche, vermutlich ihr Enkel, führte sie einen

Stock höher auf ein Zimmer. Darin standen zwei Stockbetten. Der Junge legte drei Handtücher, zwei Schlüssel und eine Seife auf eine Kommode. »Dusche und Toilette am Ende des Flurs«, erklärte er in gebrochenem Englisch. »Ihr mich rufen, wenn Hilfe braucht.«

»Danke«, sagte Elisabeth.

Pascal gab ihm einen Geldschein.

Der Junge schloss die Tür hinter sich, und sie waren allein.

»Ich spring mal unter die Dusche«, sagte Chloé.

Pascal nickte, und Elisabeth ließ sich auf das rechte untere Bett fallen.

»Was ist das für ein Markt?«, fragte Elisabeth.

»Warte«, sagte Pascal und kramte in einem kleinen Rucksack. »Hier, steht alles im Reiseführer.«

Er kam zu ihr und gemeinsam lasen sie im Lonely Planet. Elisabeth hatte Chloé spontan in ihr Herz geschlossen, aber nun, als sie mit Pascal allein war, wuchs auch ihre Zuneigung zu ihm. Er war etwas zurückhaltender, aber sehr freundlich und hilfsbereit. Mit keiner Silbe gab er ihr zu verstehen, dass sie diese Reise blauäugig angetreten hatte. Sie waren Reisende, und es gab kein anderes Gesetz, als neugierig und offen für alle Erfahrungen zu sein. Pascal duschte als nächster, und zuletzt Elisabeth. Obwohl das Wasser nicht richtig kalt und der Druck, mit dem es aus dem Duschkopf rieselte, gering war, tat es unendlich gut, den Schweiß abzuwaschen. Sie schmeckte das Salz auf den Lippen, stützte sich mit den Handflächen an den von Schimmel befallenen Fliesen ab und ließ das Wasser auf ihren Rücken tröpfeln. Sie fühlte sich herrlich. Stark, mutig und frei.

Erfrischt schlüpfte sie in die leichteste Hose, die sie dabeihatte, und zog sich ein T-Shirt der Band Tenacious D über den Kopf. Als sie in das Zimmer zurückkam, fand sie Chloé und Pascal ausgehfertig vor. Pascal hatte Bier organisiert. Er öffnete ploppend mit einem Feuerzeug eine Flasche, wischte den Flaschenmund mit einer Serviette ab und reichte sie Elisabeth. »Tchin-tchin«, sagte er.

»Tchin-tchin«, prosteten sich auch Chloé und Elisabeth zu. Die Flaschen schlugen klingend aneinander.

»Dann machen wir die Stadt mal unsicher«, sagte Chloé lächelnd.

***

Der Nachtmarkt war sehr gut besucht und äußerst unübersichtlich. Ausländer und Einheimische mischten sich. Es wurden die unterschiedlichsten Waren angeboten: Es gab Stände mit Klamotten, mit Schmuck und welche, auf deren Ablagen sich Stoffe und Tücher häuften. Während Elisabeth ihren Blick über DVDs, Handyhüllen und Sonnenbrillen wandern ließ, behielt sie eine Hand in der Hosentasche, wo sie ihr Portemonnaie mit dem eingewechselten Geld aufbewahrte. Sie hatte im Reiseführer gelesen, dass sich hier viele Taschendiebe herumtrieben. Hinter den Ständen blinkten Leuchtreklameschilder für Rotlichtbars und Clubs, die den Markt wie einen Ring umgaben und so einfallsreiche Namen wie *Super Pussy* trugen.

An einem Wok-Stand bestellten sie drei Portionen Pad Thai, ein traditionelles Nudelgericht. Pascal führte vor, wie man sich das Essen mit einem pikanten Gewürz noch verfeinern konnte. Danach schlenderten sie weiter. Chloé erwarb nach langem Feilschen eine Kette mit einem dunkelblauen Halbedelstein. Elisabeth kaufte sich Flip-Flops und zog sie gleich an, froh, endlich aus ihren der Temperatur völlig unangemessenen Doc Martins herauszukommen. Sie verknotete die Schnürsenkel und wollte die Schuhe auf der Schulter tragen, aber Pascal bot an, sie in seinen Rucksack zu packen.

Sie betrachteten gerade Hängematten in verschiedenen Farben, als sich ein unangenehm aufdringlicher Mann mit neongrüner Sonnenbrille an sie heranmachte. Er trug einen Bauchladen vor sich her und wollte sie überreden, ihm eine Uhr abzukaufen. »Echtes Gold, Sonderangebot! Für euch nur zweitausend Baht!«

Sie gingen weiter, aber der Mann ließ sich nicht abschütteln. Selbst Pascals Hinweis, dass er bereits eine Uhr am Handgelenk trug, zeigte keine Wirkung. Der angetrunkene Mann betatschte Chloé immer wieder von hinten an der Schulter, und sie stand kurz davor, ihm eine Ohrfeige zu verpassen. Da Elisabeth auch ohne Reiseerfahrung bewusst war, dass sie sich vielleicht ernsthafte Schwierigkeiten einhandelten, wenn es zu einer Prügelei käme, zog sie ihre beiden Freunde auf den Eingang eines Lokals zu. Die Türsteher ließen sie durch, hielten den Uhrenverkäufer jedoch auf.

Elisabeth atmete erleichtert auf, allerdings nur einen kurzen Moment, bis sie erkannte, wohin sie ihre Rettungsaktion geführt hatte. Auf der runden Bühne in der Raummitte schob sich eine junge Thai gerade eine Banane in die Vagina. Elisabeth sah schnell weg, was ihr einen grinsenden Blick von Pascal einbrachte.

»Du wolltest doch hier rein«, neckte er sie. »Jetzt müssen wir mindestens einen Drink bestellen.«

Sie setzten sich an einen Tisch, und eine Kellnerin in frivolem Catwoman-Kostüm nahm ihre Bestellung auf.

Sie diskutierten darüber, ob die Diskriminierung der Thai-Frauen, die ihnen in akrobatischen Performances auf der Bühne dargeboten wurde, rundheraus abzulehnen sei oder ob man sie als Teil der fremden Kultur zwar missbilligen könne, aber zu akzeptieren habe. Das war vor allem Pascals Haltung. Der Einwand von Chloé, es handle sich doch vor allem um eine Show für sexgeile Touri-Säcke, wurde rasch durch einen Blick ins Publikum entkräftet. Die Weißen waren eindeutig in der Minderheit. Thais johlten und heizten die Frauen auf der Bühne zu immer noch ordinäreren Kunststücken an.

»Okay, du hast recht«, sagte Chloé, »alle Männer sind Arschlöcher.«

Pascal lachte und nahm einen Schluck von seinem zweiten Cocktail. »Was denkst du dazu, Eli?«

Elisabeth hatte wenig Lust, sich in einem Pärchenstreit auf eine Seite zu schlagen, daher antwortete sie etwas feige: »Ich denke, man sollte nicht werten.«

Chloé rollte ärgerlich mit den Augen. In dem Moment fiel Elisabeth ein besserer Standpunkt ein. Sie schob nach: »Es kommt doch darauf an, wie sich die Frauen damit fühlen, ob sie es aus Zwang oder aus freien Stücken tun. Wenn sie gezwungen werden, ist es natürlich echt übel. Aber wieso sollte eine Frau sich nicht entschieden dürfen, alles Mögliche zu tun?«

Chloé dachte darüber nach und hielt dann dagegen, dass die diese Frauen erstens ihren Abend bestimmt lieber anders verbringen würden, und zweitens, dass man, egal ob man Mann oder Frau sei oder dem dritten Geschlecht angehöre, eine Selbstverpflichtung zur Würde habe. Pascal warf ihr daraufhin vor, arrogant ihre Maßstäbe auf andere zu übertragen und dass der Begriff Würde relativ sei. Sie diskutierten und bestellten eine neue Runde Drinks, während eine nackte Frau auf der Bühne mit einem Luftrohr zwischen den Beinen Dartpfeile auf Luftballons abschoss.

Mehr als nur ein wenig angeheitert verließen sie schließlich den Rotlichtclub und nahmen ein Taxi zurück zu ihrem Hostel. Auf der Fahrt wurde Elisabeth übel, und sie war froh, als das Taxi endlich anhielt. Pascal bezahlte, Chloé schloss die Tür auf und dann torkelten sie auf ihr Zimmer.

»Ich geh duschen«, sagte Pascal und zog sein T-Shirt aus. Er schnappte sich ein Handtuch und wollte eben hinausgehen, als Chloé sich ihm in den Weg stellte. Sie legte ihm eine Hand auf die nackte Brust und küsste ihn mit einem langen Zungenkuss. Elisabeth war hin- und hergerissen zwischen Scham und Erregung. Schon die Sexshows – oder genauer: dass sie sie gemeinsam gesehen hatten – hatte sie in eine erotisch angeheizte Stimmung versetzt, ganz gleich, wie intellektuell sie darüber geredet hatten.

Verlegen betrachtete sie das Paar in der Mitte des Raums. Chloé kniff mit ihren langen, dünnen Fingern in Pascals Brustwarze, was ihm ein Stöhnen entlockte. Die Französin kicherte und wandte sich Elisabeth zu: »Wieso gehen wir nicht zusammen duschen?«

Elisabeth räusperte sich. Sicher, der Alkohol enthemmte sie, aber schließlich hatte sie diese Reise auch angetreten, um neue Erfahrungen zu machen. Sie stand auf. Pascal lächelte geschmeichelt und voller Vorfreude. Leise schlichen sie über den Gang. Chloé verschloss die Badezimmertür hinter ihnen, und sie war es auch, die die Regie übernahm. Sie zog sich aus und half dann Elisabeth aus den Kleidern. Sie küssten sich und Chloé presste ihren nackten Körper an den von Elisabeth. Sie spürte ihren Schenkel zwischen ihren Beinen, und ein wohliger Schauder lief ihr den Rücken hinab. Pascal kam hinzu, und bald berührten sie sich alle drei, erforschten, liebkosten. Niemals zuvor hatte Elisabeth solch trunkene, rauschhafte Lust erlebt.

Am nächsten Morgen schwelgte sie in den Erinnerungen. Sie war vor Chloé und Pascal aufgewacht und saß nun in dem kleinen Raum neben der Eingangslobby und nippte an einem Instant-Kaffee. Vor allem einen Augenblick versuchte sie festzuhalten, aber er entzog sich ihr. Pascal hatte hinter ihr gestanden und sich rhythmisch in ihr bewegt, Chloé hatte sie von vorne gestreichelt, Tropfen waren auf ihre Schulter gefallen. Es war nicht nur der Orgasmus. Oder fühlte sich ein wirklicher Höhepunkt so an? In dem Fall wären ihre vorangegangenen sexuellen Erfahrungen reiner Kinderkram gewesen, denn in diesem Moment war etwas mit ihr geschehen. Etwas Wundervolles. Es war ein Augenblick allumfassender Harmonie und tiefster Erkenntnis gewesen. Zeit und Raum hatten ihre Bedeutung verloren – oder verschoben, begleitet von einem Gefühl der Schwerelosigkeit. Vielleicht war es auch eine Art Flashback von den Pilzen gewesen. Jedenfalls hatte es sich außergewöhnlich und gut angefühlt. Noch ein paar Erfahrungen dieser Art und sie würde nie wieder an Sascha denken. Sascha. Ob er und Charlotte schon ein Paar waren? Welche Uhrzeit war überhaupt gerade in Europa?

»Guten Morgen, Frau Pfeiffer.«

Elisabeth sah zu dem Mann auf, der sie aus ihren Gedanken gerissen hatte und der sich, ohne zu fragen, ihr gegenüber am Tisch niederließ.

»Mornin«, nuschelte sie schüchtern zurück. »Kennen wir uns?«

»Noch nicht«, erwiderte der Mann mit einem gewinnenden Lächeln. »Mein Name ist Fernando. Es ist Ihnen doch recht, dass wir uns beim Vornamen ansprechen?«

»Meinetwegen«, sagte Elisabeth verdattert. Dieser Mann, Fernando, war ausgesprochen charismatisch, aber ihm haftete auch etwas Unheimliches an. Typ: diabolischer George Clooney, nur maskuliner. Mit seinem perfekt sitzenden schwarzen Anzug und der Armbanduhr, die er mit Sicherheit nicht auf dem Nachtmarkt gekauft hatte, passte er rein gar nicht in das eher heruntergekommene Ambiente des Hostels. Vielleicht war er eine Art Regierungsmann, oder ein Diplomat. Aber was konnte er ausgerechnet von ihr wollen? Sie nahm sich vor, höflich, aber vorsichtig und distanziert zu bleiben. »Kann ich Ihnen irgendwie helfen?«

»Dir.«

»Was?«

»Wir wollten uns doch dutzen.«

Elisabeth wurde nicht schlau aus diesem Mann, und allmählich wurde ihr seine Anwesenheit unangenehm. Außerdem wurde ihr gerade bewusst, dass sie Deutsch gesprochen hatte und der Mann fließend und ohne jeden Akzent in ihrer Muttersprache geantwortet hatte. Ihre Nackenhaare stellten sich auf. »Richtig«, sagte sie. »Was willst du von mir, Fernando?«

»Du brauchst keine Angst vor mir zu haben«, sagte Fafnir in beruhigendem Tonfall. Er musste ihr Vertrauen gewinnen, das würde es wesentlich leichter machen. »Ich bin hier, um dir zu helfen.«

Elisabeth Besorgnis wuchs. In Filmen war es meist eine gute Idee, Angst zu bekommen, wenn jemand sagte, man müsse keine Angst vor ihm haben. Sie nickte.

»Ich will, dass du deine Sachen zusammenpackst, wieder runterkommst und mit mir gehst. Auf dem Weg erkläre ich dir alles genauer. Ist das in Ordnung für dich?«

Wieder nickte Elisabeth. Langsam stand sie auf.

»Also bis gleich«, meinte sie noch, ehe sie zur Treppe ging. Auf der Treppe beschleunigte sie ihren Schritt, oben im Gang rannte sie.

Pascal gähnte. Die zuknallende Tür hatte ihn geweckt.

»Was ist denn los?«, fragte er verschlafen.

Elisabeth ignorierte ihn und stopfte ihre verstreut liegenden Habseligkeiten in den Rucksack. Sie zog den Reißverschluss zu, schulterte den Rucksack und trat ans Fenster.

Das Fenster klemmte, aber Elisabeth drückte es mit roher Gewalt nach oben, bis es knarzend nachgab.

Von dem Geräusch wurde nun auch Chloé wach. Sie setzte sich auf, während Elisabeth erst ihren Rucksack durch die Öffnung schob, um dann in den Rahmen zu klettern.

»Hey, was machst du denn da?«, fragte Chloé.

Elisabeth wandte sich zu den beiden um. »Unten in der Lobby sitzt ein Kerl, an dem was oberfaul ist. Er will irgendwas von mir. Ich haue ab. Wenn euch jemand fragt, sagt, dass ihr mich nicht kennt.«

»Blue Horizon«, erinnerte Pascal an das Beach Resort auf Koh Phangan, das sie gemeinsam im Reiseführer ausgesucht hatten. »Treffen wir uns da.«

Elisabeth nickte knapp und sprang.

Katzengleich landete sie auf allen vieren in einer Gasse – direkt neben dem unheimlichen Mann, der ihren Rucksack in den Händen hielt. Elisabeth richtete sich auf. Sie war wütend, auf den Mann, auf sich selbst, weil sie geglaubt hatte, ihn so einfach austricksen zu können, vor allem aber, weil sie ertappt worden war.

»Der gehört mir!«, zischte sie mit Blick auf den Rucksack.

Fafnir schüttelte den Kopf und reichte ihr den Rucksack, den die junge Frau ihm sofort aus den Händen riss. Er hatte es verbockt. Wahrscheinlich war er zu bestimmt aufgetreten, und die Teenagerin hatte gemerkt, dass er log. Er war sicher nicht der Schlauste von den Alten, das hatte er sich niemals eingebildet, aber auf den Kopf gefallen war er auch nicht. Und er war stolz gewesen, Elisabeth Pfeiffer mit altmodischer Detektivarbeit so schnell ausfindig gemacht zu haben. Dafür hatte er dann psychologisch versagt.

»Lass uns nochmal von vorne anfangen«, bat er und zündete sich eine Zigarette an.

»Gute Idee, Fernando!«, schnaubte Elisabeth.

»Okay, mein Name ist nicht nicht Fernando, jedenfalls nicht mein richtiger.«

»Was du nicht sagst«, knurrte Elisabeth.

Fafnir überhörte die Anklage und sagte in ruhigem Ton: »Ich heiße Fafnir und ich habe den Auftrag, dich sicher nach Manila zu bringen.«

Elisabeth sah ihn unverwandt an.

Fafnir seufzte. Das mit dem Lügen hatte nicht geklappt, aber ob sie mit der Wahrheit zurechtkäme? Er entschied, es auf auf einen Versuch ankommen zu lassen: »Ich nehme an, dir ist bereits aufgefallen, dass irgendwas mit dir passiert.«

Kein Zeichen einer Bestätigung.

Fafnir nahm einen tiefen Zug von der Zigarette und fuhr fort: »Die Welt ist nicht ganz so, wie du bisher angenommen hast. Sie ist tiefer. Es gibt Wesen, die so alt wie die ersten Zivilisationen sind, manche sind sogar noch älter. Sie – *wir* leben im Verborgenen, und du gehörst jetzt dazu. Ich zum Beispiel bin ein Drache. Aber wie gesagt, du musst keine Angst vor mir haben. Ich bin hier, um dich zu beschützen.«

Elisabeths Augen weiteten sich. Der Kerl war offenkundig völlig verrückt.

»Verstehe«, sagte sie, um dann einen Haken zu schlagen und loszusprinten. Aus dem Augenwinkel nahm sie wahr, dass der Irre nicht mehr da war. Plötzlich tauchte er am Ende der Gasse vor ihr wieder auf. Da sie nicht so abrupt abbremsen konnte, stürzte sie sich auf ihn. Sie schlug ihm gegen die Brust und versuchte, ihn im Gesicht zu kratzen.

Fafnir seufzte und verpasste der jungen Frau eine Ohrfeige, die ihr augenblicklich die Besinnung nahm. Das hatte er nicht gewollt, aber er hatte keine andere Möglichkeit mehr gesehen, sie zur Vernunft zu bringen. Mitsamt ihrem Rucksack hob er sie mit Leichtigkeit auf und trug sie hinaus auf die Straße. Zur Not würde er sie eben zwingen, ihn zu begleiten, und wenn sie erst in der Anderswelt war, wäre er das Problem los. Es war nicht sein Ding, das Kindermädchen für frisch erwachende Rotzgöhren zu spielen.

4. Kapitel

Fafnir lehnte am Geländer des Balkons. So hatte er freien Blick auf Elisabeth Pfeiffer, die sich auf dem Doppelbett abgelegt hatte. Aber er starrte nicht sie oder etwas anderes in der luxuriösen Hotelsuite an, sondern das Smartphone in seiner Hand. »*Wenn Sie jetzt direkt mit dem Absender der Nachricht verbunden werden wollen, drücken Sie die 1, zum Speichern der Nachricht drücken Sie die 2, wenn Sie die Nachricht noch einmal anhören wollen …*«

Fafnir hatte schon mehrmals versucht, sich mit dem Absender verbinden zu lassen, deshalb wählte er zum gefühlt hunderstenmal die 3 auf dem Touchscreen.

»*Scheiße! Verfluchte Scheiße! Fafnir, ich weiß nicht, wie ich es sagen soll … Es ist etwas passiert, etwas Schreckliches. Oh Mann! Ich will, dass du weißt, dass ich nichts damit zu tun habe, wirklich rein gar nichts! Mussog hat nichts mit der Sache zu tun. Ich bin völlig unschuldig, hörst du? … Jemand, Etwas, kam durch das Tor. Es hat … oh, bei allen Altvorderen! Lakamba hat ihm die Einreise verboten. Es hat aber abgewartet, bis sich das Tor öffnete, und dann hat es Lorkwin angegriffen, hat ihn in Stücke gerissen. Ich konnte gerade noch* rechtzeitig entkommen, bevor Lakamba das Tor wieder verschlossen hat, aber die anderen … Fuck, Scheiße, Dreck! Sie sind bestimmt alle tot und das Ding sitzt zwischen den beiden Toren fest. Echt, Fafnir, du musst mir glauben, ich kann nichts dafür.« Ein Klicken wies darauf hin, dass die Verbindung unterbrochen wurde.

»Wenn Sie jetzt direkt mit dem Absender der Nachricht verbunden werden wollen, drücken Sie die 1, zum Speichern der Nachricht …« Fafnir legte auf. Obwohl er wusste, dass Kali mit den anderen Ratsmitgliedern in der Anderswelt war, ließ er es bei ihr anklingeln. Natürlich nahm sie nicht ab. Wenn die Schleuse tatsächlich in beide Richtungen verschlossen war, saß der gesamte Rat fest. Etwas Übles war hier im Gange, eine Verschwörung. Mussog! Er musste mit dem Gnom Auge in Auge reden, sicher verschwieg er etwas.

Fafnir ging hinein die Suite, nahm sich eine Dose fertig gemixten Cuba Libre aus der Minibar und setzte sich neben der jungen Frau aufs Bett. Gedankenverloren öffnete er die Dose und trank einen Schluck. Sein Hirn ratterte auf Hochtouren. Der Versuch, eine Verschwörung aufzudecken, war immer gefährlich. Viel zu leicht glaubte man, dass alles irgendwie zusammenhing, und verkannte dabei, wie viele Verbindungen eigentlich rein zufällig zustande kamen.

Er betrachtete die junge Frau, die vor einigen Minuten aufgewacht war, aber sich schlafend stellte. War ihr Erwachen Zufall oder Teil eines größeren

Plans? Er musste herausfinden, welche alte Entität ihren Körper ausgewählt hatte. Und er musste in Erfahrung bringen, welches Wesen in der Schleuse feststeckte. Waren Lorkwin, Lakamba und Ada wirklich tot? Das wollte er nicht glauben. Er hoffte, dass Mussogs auf der Mailbox hinterlassene Nachricht gelogen war.

»Morgen früh geht unser Flieger nach Manila«, sagte er mehr zu sich selbst. Elisabeth Pfeiffer reagierte nicht. Sie atmete tief ein und wieder aus, wobei sich ihre Brust hob und senkte. Sie war ein hübsches Mädchen. Ihre langen brauen Haare waren gewellt, sie hatte einen breiten Mund, ausgeprägte Augenbrauen und eine minimal schiefe Nase. Nicht zuletzt durch die Brille mit dem zu breiten Gestell auf ihrer Nase hatte sie diese Auf-den-zweiten-Blick-Schönheit, und Fafnir sah ihr an, dass ihr bisheriges Leben nicht einfach gewesen war. Für ihr junges Alter wirkte sie zu ernst. Andererseits stellte sie sich gerade schlafend, weil sie wohl glaubte, von einem Psychopathen oder etwas ähnlich Schlimmen entführt worden zu sein.

Er nahm einen weiteren Schluck und sagte: »Ich weiß, dass du wach bist. Lass uns reden. Du hast ein völlig falsches Bild von der Situation, in der du dich befindest.«

Nichts. Elisabeth gab immer noch vor, tief und fest zu schlafen.

Fafnir seufzte, und endlich beschloss Elisabeth, nicht weiter die Schlafende zu spielen. Sie schlug die Augen auf und kniff sie sogleich zusammen, als sie Fafnir ansah. Rasch setzte sie sich auf und schlang die Arme um die Knie.

»Es tut mir leid, dass ich dich geschlagen habe«, erklärte Fafnir, »aber du hast mir keine Wahl gelassen.«

Elisabeth versteifte sich kurz, dann sagte sie: »Als du meintest, du wärst ein Drache, hast du bildlich gesprochen, oder? Du gehörst einer Sekte oder so was an?«

»Nein«, sagte Fafnir, froh, dass sie ins Gespräch kamen. »Ich bin wirklich ein …«

Weiter kam er nicht, die Tür flog auf. Zwei Männer in anthrazitfarbenen Anzügen stürmten herein – keine Männer, korrigierte Fafnir seine Einschätzung. Die menschlichen Hüllen umgaben sie wie ihre Anzüge. Es waren alte Wesen, und sie waren nicht zum Plaudern gekommen. Der linke, kleinere brachte eine Armbrust in Anschlag. Eine typische Waffe, wenn man auf Drachenjagd ging. Der rechte, größere, ältere und bösere hielt ein Schwert in Händen. Fafnir erkannte die Klinge sofort. Der Name des Schwerts lautete *Gram*. Es hatte ihm vor langer Zeit schon einmal einen hohen Blutzoll gekostet. Wie zur Hölle war dieser Kerl zu dem legendären Schwert gekommen? Doch es blieb keine Zeit für Fragen und Überlegungen, Fafnir musste handeln – und das tat er. Er sprang vom Bett auf, wodurch ihn der abgefeuerte Bolzen um Haaresbreite verfehlte. Gram zischte von oben auf ihn zu, um ihn vom Scheitel bis zum Schritt in zwei Hälften zu teilen. Er wich nach vorne aus. Nun war er nahe genug an dem Schwertschwinger, um ihn zu attackieren. Er wollte ihm einen Haken verpassen, aber noch in der Aufwärtsbewegung bekam er einen Tritt in die Nieren, der ihn gegen die Wand krachen ließ. Diese beiden Kerle wussten, was sie taten, und die Abstimmung ihrer Bewegungen ließ auf lange gemeinsame Kampferfahrung schließen.

»Was wollt ihr?«, knurrte Fafnir.

»Nur deinen Kopf«, keifte der Kleinere siegessicher mit einem überheblichen Grinsen auf den schmalen Lippen. Er hatte die Armbrust fallengelassen und zückte nun zwei Katare. Die Faustdolche hoben sich, bis er sie auf Höhe der Ohren hielt. Das verriet Fafnir seinen Kampfstil. Auch der zweite hob das Schwert. Er hielt es in beiden Händen, sodass die Spitze auf Fafnirs Herz deutete. Allerdings fiel Fafnir auf, dass der Griff des Gegners verkrampft war. Offensichtlich war er an andere Waffen gewöhnt. Er würde das schwere Langschwert wie ein Katana führen, wofür es nicht ausgelegt war.

»Holt ihn euch«, schnaubte Fafnir und ging zum Angriff über. Er machte einen Satz nach vorne, duckte sich unter Gram hindurch, packte den kleineren Gegner an den Handgelenken und rammte ihm die Stirn ins Gesicht. Die Kreatur war stark, aber Fafnir war stärker. Er überkreuzte seine Arme, sodass die Katare mit den Spitzen links und rechts in die Höhe ragten, dann machte er eine halbe Drehung und ließ seine Stirn erneut gegen die Nase des

Feindes krachen. Diesmal gab es ein knackendes Geräusch von brechenden Knochen. Der Körper des einen Gegners versperrte dem anderen den Weg für einen Schwertstreich. Fafnir rammte seinem lebenden Schutzschild das Knie in die Weichteile, um ihm dann mit der Schulter einen kräftigen Stoß zu verpassen, der ihn gegen den anderen prallen ließ.

Rasch fassten sich die beiden wieder. Die Wut darüber, dass Fafnir so beherzt Widerstand leistete, verleitete sie dazu, sich in ihrer wahren Gestalt zu zeigen. Schwarze, ledrige Flügel wuchsen aus ihren Rücken und ihre Gesichter wurden zu Fratzen. Ihre Oberkörper schwollen an, bis die Knöpfe ihrer Anzüge durch den Raum flogen. Sie waren das, was die Menschen gefallene Engel nannten. Dämonen. Und Fafnir erriet nun ihre berüchtigten Namen: »Beliar und Mulciber, freut mich, euch mal kennenzulernen.«

»Es nützt dir gar nichts, zu wissen wer wir sind«, spie Mulciber, der kleinere mit den Kataren, aus.

»Sprich nicht mit ihm«, wies Beliar seinen Gefährten zurecht.

Fafnir hatte also richtig gelegen. Er hatte schon viele Geschichten über die beiden gehört. Sie zählten zu den bekanntesten Assassinen, welche die Alten in Dienst nahmen. Ihre Anwesenheit unterstrich die These, dass eine Verschwörung im Gange war. Und dieser Mister, oder diese Misses X hatte die beiden Meuchelmörder auch auf die Spur des Schwertes gebracht, vielleicht es ihnen sogar selbst besorgt. Auch der Ort ihres Angriffs war gut gewählt. Wenn er sich hier verwandelte, hätte er nicht ausreichend Platz, um vernünftig zu kämpfen. Die naheliegendste Option bestand darin, über den Balkon zu fliehen. Aber dann müsste er Elisabeth zurücklassen. Außerdem hatte er so eine Ahnung, dass die beiden für diesen Fall vorgesorgt hatten. Drittens und am entscheidensten: Es lag nicht in Fafnirs Natur, vor einem Kampf davonzulaufen. Er nahm einen Stuhl in die Hand und hielt ihn vor sich. Ein Stuhl war keine sehr beeindruckende Waffe, vor allem nicht, wenn der Feind über ein sagenumwobenes Schwert verfügte, aber er hatte ohnehin vor, erst den schwächeren Gegner auszuschalten. Mulciber stieß ein keckerndes Lachen aus, und Beliar ging mit Gram auf ihn los.

Elisabeth, die dem Kampf bislang reglos und mit vor Schreck geweiteten Augen zugesehen hatte, wurde durch eine Stimme in ihrem Kopf aus der Starre gerissen. Die Worte, die sich in ihrem Geist manifestierten, entstammten einer fremden Sprache, aber sie verstand sie. Es war ein Befehl und der Befehl lautete: *TÖTE IHN!* Ein Teil von ihr wollte dem Befehl nachkommen, ein anderer jedoch, der sich mehr nach ihr selbst anfühlte, erblickte zwei Monster, die unbarmherzig auf ihren Entführer eindrangen. Und dieser Teil stellte eine nüchterne Frage: War es ihr lieber, dass der verrückte und unheimliche Mann diesen Streit für sich entschied, oder zwei Bestien mit schwarzen Flügeln, rot glimmenden Augen und langen, spitzen Zähnen in den Fratzen?

Es fiel ihr nicht schwer, sich für eine Seite zu entscheiden. *TÖTE IHN!*, forderte sie die Stimme in ihrem Kopf erneut auf. *Aber wie?*, fragte sie sich, und tatsächlich erhielt sie eine Art Antwort. Eine unbändige Kraft durchflutete ihren Körper. Es tat weh, es war, als würde Lava durch ihre Adern fließen.

Fernando, Fafnir, oder wie der Mann hieß, hatte den kleineren Fiesling mit dem Stuhl gegen den Schrank gepresst. Das Holz des Möbelstücks splitterte. Fafnir drückte weiter, bis die Stuhlbeine das Scheusal an die Wand nagelten. Das andere Monster holte von hinten mit dem Schwert zum Schlag aus. Instinktiv streckte Elisabeth den rechten Arm aus und deutete auf die Schreckenskreatur. Die heiße Energie in ihr bündelte sich und entlud sich aus ihren Fingerspitzen. Die Kreatur krümmte sich vor Schmerzen. Ihr Entführer nutzte die Gelegenheit. Abrupt ließ er von dem kleineren Biest ab, wirbelte herum und trat dem sich vor Schmerz Windenden ins Gesicht.

Das Schwert fiel zu Boden. Fafnir hob es auf, ließ sich auf die Knie fallen und stieß die Klinge dabei nach hinten. Sie bohrte sich in Mulcibers Unterleib, der ihm nachgesetzt hatte und ihn mit seinen Kataren hatte erledigen wollen. Fafnir stand auf und drehte sich zu ihm um. Mit beiden Händen trieb er die Klinge tiefer ins Fleisch hinein und riss sie dann nach oben, was Mulciber einen markerschütternden Schrei entlockte.

Elisabeth wandte den Blick ab, als ihr Entführer dem Biest den Rest gab. Das andere Monster sah sie überrascht und dann voller Hass an. Aber nur einen kurzen Moment, ehe es sich aufrappelte und in Richtung Balkon stürzte. Fafnir setzte ihm nach, aber sein Streich verfehlte Beliar knapp. Dieser krachte durch den Türrahmen, machte einen Satz auf das Geländer, spannte die Flügel auf und sprang ab. Fafnir sah ihm nach, wie er an Höhe gewann und schließlich in den Wolken verschwand.

Er wandte sich zu Elisabeth um und sagte: »Danke.«

Elisabeths Lippen zuckten, doch es kam kein Ton heraus. Ihre Augen wurden weiß, und sie verlor das Bewusstsein.

***

Als Elisabeth wieder zu sich kam, hoffte sie, dass alles nur ein Traum gewesen war, aber ein kurzer Blick durch die Suite belehrte sie eines Besseren. Das Zimmer glich einem Schlachtfeld. Kaum ein Möbelstück war heil geblieben. Scherben von einem zerstörten Spiegel und zersplitterte Holzstücke bedeckten den Boden. An der Stelle, wo der eine Unhold gestorben war, befand sich ein schwarzer Fleck, von dem ein beißender Gestank ausging. Ihr Entführer hockte neben der umgestürzten Minibar und rauchte eine Zigarette. Auf seinem Schoß lag das lange Schwert, das er mit mahlenden Kiefermuskeln anstarrte. Diesmal hatte Elisabeth kein Interesse daran, sich schlafend zu stellen. »Was zur Hölle ist gerade passiert?«, fragte sie aufgeregt.

»Genau«, murmelte Fafnir.

»Wie *genau*? Was meinst du damit?«, wollte Elisabeth wissen. Sie stand vom Bett auf und ließ sich vor Fafnir auf dem Boden nieder.

»Die Hölle ist passiert«, brummte Fafnir, immer noch den Blick auf das Schwert geheftet. »Na ja, eigentlich gibt es keinen Ort, der Hölle heißt. Diese beiden Wichser, die uns eben besucht haben, wurden gemeinsam mit anderen Verrätern vor einigen tausend Jahren aus einer Stadt namens Eden verbannt. Ihr Anführer hieß Eosphóros, besser bekannt als Luzifer – aber der ist schon lange tot.«

Elisabeth schwirrte der Kopf. »Und was wollten die von uns?«

»Sie wollten mich kaltmachen«, murmelte Fafnir.

»Dazu hat mir eine Stimme auch geraten«, sagte Elisabeth.

Nun erst sah Fafnir sie an. »Was hast du gesagt?«

Elisabeth zuckte mit den Achseln. »Da ist so 'ne Stimme in meinem Kopf, ich hab sie schon einmal bei einem Pilztrip gehört. Sie sagte, ich soll dich töten.« Sie grinste schief. Das alles war doch Wahnsinn, und sie verlor den Verstand.

Fafnir war auf einmal hellwach. »Was genau sagte diese Stimme? Wie klang sie?«

»Puh, alt würde ich sagen und irgendwie … schleimig«, sagte Elisabeth, während sie versuchte, sich genau zu erinnern. »Diesmal hat sie nur gesagt, ich soll dich töten. Beim ersten Mal meinte sie etwas, wie … *Falli hega*. Ich krieg's nicht mehr genau zusammen.« Sie rieb sich mit dem Zeigefinger die Nase. »Ist das wichtig?«

»Sehr wichtig sogar«, sagte Fafnir stirnrunzelnd.

»Tja«, sagte Elisabeth einem plötzlichen Einfall folgend, »da ich dir vorhin ziemlich aus er Patsche geholfen habe, ist es sicher okay für dich, wenn ich jetzt gehe.« Sie stand auf. »Ich wünsche dir viel Glück mit diesen Höllenviechern und so.« Sie ging in Richtung Tür.

Fafnir unternahm keine Anstalten sie aufzuhalten, sondern sagte: »Du hast mir geholfen, obwohl dir die Stimme etwas anderes befohlen hat, und Beliar ist entkommen. Du hast dich damit für eine Seite entschieden. Willst du wirklich allein sein, wenn dich die andere aufsucht? Und das wird sie.«

Elisabeth gefror mitten in der Bewegung. Sie wollte diesen ganzen unheimlichen Mist hinter sich lassen. Wollte mit Chloé und Pascal nach Süden an den Strand. Aber wenn sie nicht durchgeknallt und das alles hier real wahr war …

»Tut mir leid«, sagte Fafnir.

»Fuck!«, fluchte Elisabeth und wandte sich um. »Was tun wir jetzt?«

Fafnir drückte seine Zigarette an der Minibar aus. »Wir suchen den Herrn der Stadt auf und bitten ihn um Hilfe. Und morgen früh fliegen wir nach Manila.«

5. Kapitel

Fafnir hatte nicht nur ein schlechtes Gefühl, als sie Seite an Seite auf das gusseiserne Tor mit dem in Gold eingelassenen CC zugingen. Sein Magen war ein einziger harter Klumpen. Er verabscheute den Cromm Cruach, aber Kali hatte ihm gesagt, er solle sich an ihn wenden, wenn es Probleme gab. Wenn es gut lief, würde er Fafnir nur seine Überlegenheit spüren lassen, und ihnen Sicherheit bis zum Abflug gewähren.

Zwei Kameras links und rechts des Tores folgten ihren Bewegungen. Fafnir spürte den Blick des Alten auf sich ruhen und versuchte sich an einem Lächeln. Elisabeth schien sich in ihr Schicksal gefügt zu haben, jedenfalls wirkte ihr Lächeln weniger gezwungen. Andererseits wusste sie auch nicht, wem sie gleich begegnen würden. Das Tor vor ihnen öffnete sich mit einem Summen automatisch, und bald knirschte Kies unter ihren Schuhsohlen, als sie auf einem angelegten Weg auf die eindrucksvolle Stadtvilla zuhielten.

»Rede am besten nur, wenn du direkt angesprochen wirst«, riet Fafnir Elisabeth leise. »Sei extrem höflich, aber nicht unterwürfig.«

»Das Haus erinnert stark an *Eyes Wide Shut*«, sagte Elisabeth.

Offenbar wollte sie über etwas Banales sprechen, um sich abzulenken. Keine schlechte Idee, dummerweise hatte Fafnir keine Ahnung, worauf sie anspielte, und brummte daher nur eine Zustimmung.

»Echt jetzt? Du kennst *Eyes Wide Shut* nicht?«

»Ist das ein Film?«

Elisabeth nickte eifrig. »Wie sieht's mit *Shining* aus?«

Fafnir hob die Schultern und ließ sie wieder fallen.

»Aber *Uhrwerk Orange*, den musst du kennen.«

Fafnir schüttelte den Kopf.

»Das gibt's ja nicht!«, kicherte Elisabeth. »Schätze mal, du bist eher der Tarantino-Typ, was?«

»Das ist jetzt aber so ein Popsänger, oder?«

Elisabeth sah ihn mit offenem Mund von der Seite her an. »Hast du die letzten fünfzig Jahre verschlafen?«

»Wenn ich nicht gearbeitet habe, habe ich tatsächlich viel geschlafen«, gestand Fafnir. Er räusperte sich, um das Gespräch abzubrechen. Sie hatten die Tür zur Villa erreicht. Diese öffnete sich nicht elektrisch, eine Frau zog sie nach innen auf. Sie war einen haben Kopf kleiner als Elisabeth und trug einen grauen Schleier, der ihr Gesicht größtenteils verbarg. Nur ihre Augen blitzen grün im Zwielicht, das in der Eingangshalle herrschte.

»Das ist Elisabeth Pfeiffer und ich bin …«, begann Fafnir sie vorzustellen, doch die Tochter der Made unterbrach ihn mit einer scharf wispernden Stimme:

»Ich weiß, wer ihr seid. Er erwartet euch.« Sie drehte sich um, offensichtlich sollten sie ihr folgen.

Elisabeth machte eine Geste, die ausdrückte, dass die Frau einen Vogel hatte. Fafnir musste lächeln. Sie ließen sich von der Tochter der Made durch das Halbdunkel der Villa führen. Eine bleierne Stille lag schwer über dem Haus, dessen Einrichtung den konservativen Charme eines alten Kolonialanwesens ausstrahlte. Selbst als sie eine gewundene Holztreppe hinaufstiegen, waren ihre Schritte kaum zu vernehmen. Sie gingen einen Flur entlang, bis die Frau vor einer Tür anhielt und sich umwandte. In ihren grünen Augen lag die Aufforderung, sie mögen eintreten. Fafnir öffnete die Tür, Elisabeth schluckte und folgte ihm.

Der Cromm saß im Kerzenschein hinter einem Schreibtisch. In seiner menschlichen Gestalt war er ein Mann, der die Fünfzig überschritten hatte. Er trug einen seidenen Morgenrock, den sein massiger Körper ganz ausfüllte, und das leicht flackernde Licht der Kerzen spiegelte sich auf seiner polierten Glatze. Mit einem Füllfederhalter setzte er seine Unterschrift unter ein Dokument, dann erhob er sich und wies mit seiner aufgedunsenen Hand auf einen Besuchertisch. Fafnir atmete innerlich auf, als er die Häppchen und Gläser auf dem runden Tisch bemerkte.

Der Cromm wartete, bis sie sich gesetzt hatten, dann goss er Wein aus einer Karaffe in die Gläser und ließ sich ebenfalls nieder. »Grenzwächter Fafnir«, sagte er mit tiefer, rollender Stimme, »es ist eine Ewigkeit her. Welchem Umstand verdanke ich die Ehre deines Besuchs?«

Fafnir nahm sich eine mit Fisch belegte Scheibe Baguette und schob sie sich in den Mund. »Wir erbeten deinen Schutz, mächtiger Cromm. Nur bis morgen früh, dann fliegen wir nach Manila.«

Der Cromm gluckste amüsiert. Fafnir trank einen Schluck von dem derben Wein. »Iss«, sagte er zu Elisabeth.

»Ich habe keinen Hunger«, entgegnete Elisabeth.

»Ich sagte iss«, beharrte Fafnir.

Etwas in seinem Ton ließ Elisabeth den Arm ausstrecken und eine Praline vom Tablett nehmen. Sie wusste nicht, was gespielt wurde, und das belustigte den Cromm. Es war so: Cromm Cruach war Traditionalist, und nach alter Sitte genoss man erst dann Gastrecht, wenn man gemeinsam gegessen und getrunken hatte. Als Elisabeth die Süßigkeit mit einem Schluck Wein hinunterspülte, entspannte sich Fafnir ein wenig.

»Entschuldigen Sie«, sagte Elisabeth, der das Schweigen unangenehm wurde, »ich habe mich noch gar nicht vorgestellt. Ich bin Elisabeth Pfeiffer und freue mich, Ihre Bekanntschaft zu machen.«

»Die Freude ist ganz meinerseits«, erwiderte der Cromm mit einem Lächeln, das seine kalten, dunklen Augen nicht im Ansatz erreichte. Fafnir wurde klar, dass er es wusste. Er wusste, dass Elisabeth im

Erwachen begriffen war, und es erschien ihm wohl als Zeitverschwendung, sich mit einer Person zu unterhalten, die kurz davor stand, ausgelöscht zu werden.

Er wandte sich Fafnir zu: »Gibt es Anlass zur Sorge, oder weshalb erbittet ihr meinen Schutz?«

Einen Moment lang erwog Fafnir zu lügen, aber sie befanden sich in Cromms Stadt, und hier ging kaum etwas vor, von dem er keinen Wind bekam. Er würde ihm gewiss nicht alles erzählen, vor allem würde er kein Wort über den Anruf von Mussog verlieren, aber sofern es sich vermeiden ließ, wollte er nicht direkt lügen. »Es gab einen Anschlag. Zwei Verbannte haben mich im Hotelzimmer angegriffen. Ich konnte sie identifizieren, es waren Beliar und Mulciber. Mulciber ist tot, Beliar auf der Flucht.«

Der Cromm zog eine dünne Braue hoch. »Beliar und Mulciber«, wiederholte er die Namen der Dämonen. »Es gelang dir, sie zu schlagen?«

»Ja«, sagte Fafnir. Er hoffte, dass Elisabeth seine folgenden Worte nicht missverstand. Er wollte ihr nicht den Ruhm stehlen oder sich aufspielen, sondern nur verhindern, dass sie noch tiefer in die Sache hineingezogen wurde, als er fortfuhr: »Ich war schneller und stärker als sie.«

»Deshalb hat der Rat dich zum Grenzwächter ernannt«, sagte der Cromm mit undurchschaubarer Miene. Er trank einen Schluck aus seinem Weinglas. »Ich bedaure, dass du auf meinem Territorium einem Angriff ausgesetzt warst, und ich werde mein

Möglichstes tun, den Flüchtigen aufzuspüren und ihn zur Rechenschaft zu ziehen.«

»Also genießen wir deinen Schutz?«, wollte Fafnir sich versichern.

»Ihr dürft sogar hier bei mir bleiben. Kein Leid wird euch in Bangkok widerfahren.«

Auf Nachfrage nannte Fafnir den Namen des Hotels, in dem sie angegriffen wurden, und auch die Zimmernummer, damit die Handlanger des Cromms Ordnung schaffen und die Spuren verwischen konnten. Außerdem wollte der Hausherr die Flugnummer wissen, um ihnen eine Shuttlefahrt zu organisieren.

Die ganze Begegnung mit ihm verlief erstaunlich unspektakulär. Vielleicht hatte Kali recht, und der Cromm hatte sich über die Jahrhunderte hinweg tatsächlich zum Besseren verändert, dachte Fafnir, als er sich auf dem Gästebett ausstreckte. Schlafen würde er dennoch nicht. Gastrecht hin oder her, ganz vertrauen konnte er dem Cromm nicht. Er hörte, wie Elisabeth sich im Nebenzimmer entkleidete, dann war das Rauschen einer Dusche zu vernehmen. Fafnir sog tief Luft durch die Nase ein. Auch in menschlicher Gestalt war sein Riechorgan sensibler als seine anderen Sinne. Holz und Leim von den alten Möbelstücken war zu erschnuppern. Bratenfett und Gewürze – Gerüche, die aus einer Küche stammen mussten. Außerdem nahm er einen leichten Fäulnisgeruch wahr, aber nicht die mindeste Note von Schwefel. Beruhigt faltete er die Hände hinter dem Kopf und ließ seine Gedanken treiben.

***

Sie bekamen den Gastgeber nicht noch einmal zu
Gesicht. Elisabeth hatte unruhig geschlafen und war
früh aufgewacht. Sie hatte bei Fafnir angeklopft, und
sie hatten, ohne sich zu unterhalten, einige Partien
Billard in einem Salon neben den Gästezimmern
gespielt. Kurz nach sechs Uhr morgens hatte sie
eine andere Madentocher aufgesucht und ihnen er-
klärt, dass ein Wagen für sie bereit stünde. Fafnir
und Elisabeth waren beide froh, das Anwesen zu
verlassen. Ein Mann in Anzug öffnete die hintere
Tür einer silbernen Limousine, und sie stiegen ein.
Die Sitze der Rückbank waren aus glattem Leder
und nicht sonderlich bequem.

Auf halber Strecke zum Flughafen bat Fafnir den
Fahrer anzuhalten. Der Mann zog die Augenbrauen
hoch, kam der Bitte jedoch nach.

Fafnir stieg aus und lief ein kurzes Stück in eine
Gasse, die von der Hauptstraße abging. Er zog das
in Bettlaken gewickelte Schwert aus seinem Versteck hinter einer Mülltonne und kehrte zum Wagen
zurück. Der Fahrer trat kommentarlos aufs Gas und
ließ den ersten Gang kommen. Ohne Zweifel würde
er dem Cromm von diesem Zwischenstopp berichten,
aber dann hockten sie hoffentlich schon im Flugzeug, auf dem Weg in Fafnirs Stadt.

Trotz der frühen Stunde war der Verkehr um den Flughafen Suvarnabhumi herum das reinste, hupende Durcheinander. Nachdem sie zwanzig Minuten in einer Schlange aus wartenden Autos gestanden hatten, erreichten sie endlich das Abflug-Terminal. Fafnir stieg ohne ein Wort des Dankes aus, und Elisabeth folgte ihm. Der Kofferraum öffnete sich, und Elisabeth entnahm ihm ihren Rucksack. Fafnirs einzige Gepäckstücke bestanden in einer Umhängetasche und dem eingewickelten Schwert. Als Elisabeth Fafnir nach dem Einchecken flüsternd fragte, wie es ihm gelungen sei, das Schwert sogar als Handgepäck durchzubringen, grinste er sie an und sagte: »Alter Jedi-Trick.«

»Ach, Star Wars kennst du also?«, schnappte Elisabeth.

»Daran gab es echt keinen Weg vorbei«, konterte Fafnir.

Sie zogen Schokoriegel und zwei Coca Cola aus einem Automaten und setzten sich im Wartebereich auf zwei freie Plätze.

Eine Gruppe von über einem Dutzend chinesischer Geschäftsleute kam an das Gate und unterhielt sich lautstark. Während Elisabeth sie beobachtete, verschwamm plötzlich ihre Sicht. Sie glaubte, es müsse an der Müdigkeit liegen, zog die Brille ab und rieb sich die Augen. Gerade wollte sie die Brille wieder aufsetzen, als ihr auffiel, dass sie ohne Sehhilfe scharf sah.

»Dein Körper beginnt sich zu verändern«, bemerkte Fafnir.

»Willst du mir endlich sagen, was mit mir los ist?«, fragte Elisabeth matt, mit der Brille, die sie nun nicht mehr benötigte, in den Händen.

»Eine alte Seele hat dich ausgewählt«, antwortete Fafnir flüsternd. »Sie verbindet sich mit dir.«

»Was für eine Seele?«, wollte Elisabeth wissen.

»Das weiß ich nicht.«

»Kann ich etwas dagegen tun?«

»Nein«, sagte Fafnir mit Nachdruck. »Du musst es geschehen lassen.«

»Bin ich dann nicht mehr ich?«

Fafnir sah seine junge Reisegefährtin von der Seite an. Er mochte sie, und er hatte Mitleid mit ihr. »Vielleicht gibt es einen Weg, den Prozess zu beeinflussen. Ich kenne da jemanden in Manila …«

Elisabeth schenkte ihm ein müdes Lächeln.

In drei Sprachen wurde zum Boarding aufgerufen. Sie standen auf und reihten sich in der Schlange ein. Eine Frau in schickem blauem Kostüm checkte ihre Tickets und wünschte einen angenehmen Flug. Als sie nebeneinander die Fluggastbrücke entlanggingen, wurde Elisabeth mit einem Mal schwindlig. Fafnir sah sie schwanken und stützte sie. Er wollte ihr etwas Ermutigendes sagen, da murmelte sie:

»Failte Hekate.«

»Was?«, hakte Fafnir alarmiert nach.

»Das war es, was die Stimme bei dem Drogentrip zu mir sagte«, murmelte Elisabeth. »Jetzt erinnere ich mich wieder.«

Fafnirs Augen blitzten, und Elisabeth bemerkte es. »Hilft uns das irgendwie weiter?«

»Oh ja«, erwiderte Fafnir. Wut brodelte in ihm hoch, aber er beherrschte sich. Er stützte Elisabeth, bis sie das Flugzeug erreicht hatten. »Warte«, sagte er zu ihr.

Fafnir ging durch den Seitengang ganz nach vorne. Neben dem Notausgang hockten zwei Männer in Hawaiihemden, die ungeniert damit prahlten, wie viele Thainutten sie flachgelegt hatten. Es war leicht zu erraten, was sie auf den Philippinen vorhatten. Fafnir grinste, ehe er sie ansprach: »Meine Herren, darf ich sie kurz stören?«

»Jo, was ist denn?«

Fafnir beugte sich zu ihnen herab. »Meine Tochter leidet unter Flugangst. Es ist natürlich völlig irrational, aber sie würde sich besser fühlen, wenn wir mit Ihnen die Plätze tauschen könnten.«

»Vergiss es Alter«, schnauzte der Mann am Fenster. »Uns gefällt's hier. Viel Beinfreiheit.« Er wackelte mit den Beinen, und Fafnir verlor das letzte bisschen schlechte Gewissen.

»Nun«, sagte er und hielt den beiden die Tickets unter die Nase, auf denen fett *Business Class* stand.

»Schade, trotzdem danke.«

Natürlich bissen sie an. »Hey, warte!«

Als das Flugzeug in Richtung Startbahn losrollte, sah Elisabeth hinaus aus dem Fenster neben dem Notausgang. Fafnir saß neben ihr und zwang sich, nicht nach hinten zu sehen. Vielleicht täuschte er sich, sehr wahrscheinlich sogar. Das Alter machte einen paranoid. *Failte Hekate*, ging es ihm durch den Kopf. Er beherrschte das Gälische nur rudimentär, aber seine Kenntnisse reichten aus, um zu wissen, dass *failte* ein Gruß war. *Willkommen, Hekate.* Wenn die Alten in Träumen oder Gesichtern sprachen, benutzten sie oft ihre Muttersprache. Cromm stammte aus Irland. *Kein Leid wird euch in Bangkok widerfahren*, hatte er versprochen. Sie waren gerade dabei, Bangkok zu verlassen.

Das Flugzeug hob ab, und Elisabeth schmiegte ihren Kopf an Fafnirs Schulter.

***

Elisabeth hatte ein wenig gedöst, war aber bereits nach einer knappen Stunde von leichten Turbulenzen aufgewacht. Sie streckte sich und wollte aus Gewohnheit die Brille aufziehen, da fiel ihr ein, dass sie sie gar nicht mehr brauchte. Trotz all der Unannehmlichkeiten, in die sie hineingeraten war, musste sie schmunzeln. Sie sah zu Fafnir, der finster vor sich hinbrütete. »Schaust du dir einen Film mit mir an?«, fragte sie. »Zu zweit macht es mehr Spaß.«

Fafnir seufzte. »Meinetwegen.«

Elisabeth wählte einen aktuellen Superheldenfilm aus. Er begann mit einer unsinnigen Materialschlacht, und Fafnir langweilte sich. Er war froh, als Elisabeth ihren rechten Ohrstecker herausnahm und begann, den Film zu kritisieren. Er stimmte mit ein, und bald amüsierten sie sich gemeinsam über den dämlichen Plot und die Inkonsistenz der agierenden Figuren.

»Mir geht das so auf die Nerven«, nörgelte Elisabeth. »Einfach jede männliche Hauptfigur in Hollywood-Streifen muss an einem Ödipuskomplex leiden. Das ist einfallslos und abgedroschen.«

Fafnir grunzte zustimmend. »Mich stört vor allem, dass die Kräfteverhältnisse nicht stimmen. Eben hatte er noch Schwierigkeiten mit zwei Laufburschen, und jetzt legt er sich mit einem Gott an.«

»Und er wird ihn fertigmachen«, grinste Elisabeth. Da fiel ihr etwas ein. Sie zückte ihr Smartphone, gab den W-Lan-Schlüssel ein, den sie von einem Aufkleber an ihrer Armlehne ablas und rief die freie Enzyklopädie auf.

»Was machst du da?«, wollte Fafnir wissen.

»Ich informiere mich ein wenig über dich.« Sie tippte *Fafnir* ein und überflog den Artikel. »Aha«, machte sie lehrerhaft. »Stellt sich die Frage, ob du der Fafnir aus der Liederedda, der aus der Völsunga Saga oder der aus dem Ring von Richard Wagner bist.«

Sie machte sich über ihn lustig. Nach allem, was sie erlebt hatte, nach der Begegnung mit den Dämonen, dem Treffen mit dem Cromm und der Tatsache, dass sie selbst Magie gewirkt hatte, schien sie ihm immer noch nicht abzunehmen, dass er ein Drache war. Er schnaubte unangenehm berührt. »Ich bin keiner von denen – und irgendwie alle.«

»Etwas exakter bitte«, sagte Elisabeth schnippisch.

»Was willst du wissen?«, fragte Fafnir resigniert.

Sie stöberte in dem Artikel und dachte kurz nach, ehe sie sagte: »Also, Siegfried hat dich ja wohl nicht umgebracht.«

»Er hat es versucht«, grollte Fafnir.

Damit wollte sich Elisabeth nicht zufrieden geben. Sie zog auch noch den anderen Kopfhörer aus dem Ohr, verschränkte die Arme vor der Brust und blickte Fafnir störrisch an.

»Na schön«, brummte Fafnir. »Du willst meine Geschichte hören, ich gebe dir die Kurzfassung. Aber unterbrich mich nicht.«

Elisabeth machte eine Geste, als verschlösse sie ihren Mund mit einem Reißverschluss.

Fafnir holte tief Luft, dann begann er zu erzählen: »Es war im Jahr 436 nach Christus. Nach den großen Drachenkriegen war ich von Asien nach Europa gekommen, um meine Wunden zu lecken. Für einen Drachen war ich damals noch jung, und ich hatte mich ungestüm und ohne Vorsicht in den Kampf geworfen. Ich hatte mich in einer Höhle im Odenwald niedergelassen. Ich schlief und erholte mich, bis mich ein Mann aufsuchte. Dieser Mann war ein Ritter, Högni von Tronege. Er stammte aus dem heutigen Belgien, genaugenommen aus Flandern.

Er war ein treuer und mutiger Krieger, und er kam nicht, um gegen mich zu kämpfen. Högni betete die alten Götter an und sah in mir ein Wesen, das es zu verehren galt. Wir schlossen einen Pakt. Er brachte mir Nahrung und bot Opfergaben dar, und ich versprach im Gegenzug, mein Feuer nicht über Burgund zu bringen. Sigurd, ein tumber Aufschneider, aber von altem starkem Blut, erfuhr durch Andawari, einen verschlagenen Zwerg, der ebenfalls in den Wäldern wohnte und Högni heimlich gefolgt war, von mir und meinem stattlichen Schatz. Sigurd ließ daraufhin ein Schwert von dem besten Schmied der Gegend schmieden, einzig zu dem Zweck, mir damit den Garaus zu machen.«

Fafnir deutete nach oben, wo sich das Handgepäck befand. Er lächelte und fuhr fort: »Ein Feind aus den Drachenkriegen bekam Wind von Sigurds Vorhaben und versah ihn mit einem Tarnzauber. Sigurd ließ sich von Andawari zu meiner Höhle führen. Da der Tarnzauber ihn verbarg, bemerkte ich ihn erst, als sich Gram zwischen meine Rippen bohrte. Es war eine grässliche Wunde, aber ich schlug heftig mit den Flügeln, und es gelang mir die Flucht gen Norden. Vielleicht glaubte Sigurd, er hätte mich getötet, vielleicht dachte er aber auch nur, es sei ausreichend, dass er mich vertrieben hatte. Jedenfalls behauptete der Aufschneider, er habe mich bezwungen, und ließ sich fortan als Drachentöter feiern. Mir war das nicht einmal unrecht. Die Sage um meinen Tod hielt mir alte Feinde vom Leib.

Wieder leckte ich meine Wunden und schlief, bis Högni mich, geleitet von einem Traumgesicht, ein weiteres Mal ausfindig machte. Er bat mich um Vergebung und im gleichen Atemzug um Hilfe. Er berichtete mir von Sigurds Schandtaten, vor allem, wie er König Gunther geholfen hatte, die Walküre Brunhild zu entmachten und zu ehelichen. Niemand, sagte er mir, verfüge über die Kraft und den Einfluss ihn aufzuhalten, zumal er über meinen Schatz verfügte, durch den er in der Lage war, immer mehr Gefolgsmänner um sich zu scharren. Ich erklärte mich einverstanden, da ich ja ohnehin noch eine Rechnung mit dem vermeintlichen Drachentöter offen hatte. Wir lockten ihn in einen Wald – und ich habe ihn gefressen.«

Elisabeth schluckte.

Fafnir zuckte leichthin mit den Achseln. »Das waren damals andere Zeiten. Ich erhielt die Reste meines Schatzes zurück, und ich vertraute Högni das Schwert Gram an. Er versprach, es sicher zu verwahren und es samt dem Schwur, mir damit keinen Schaden zuzufügen, an seinen ältesten Sohn zu vermachen.« Fafnir räusperte sich. »Jetzt weißt du mehr als die meisten. Wichtiger als diese alten Kamellen ist allerdings, was ich heute tue. Das ist eigentlich streng geheim, aber ich denke, du hast zumindest ein Recht darauf …«

Ein dumpfer Knall unterbrach Fafnirs Rede. Im nächsten Augenblick kreischte Metall, und dann spürten sie einen heftigen Luftsog, der Elisabeth in den Sitz drückte. Fafnir stemmte sich hoch und sah nach hinten. Eine Explosion hatte das Heck den Flugzeugs abgerissen. Die Bombe war mitten in der Business Class hochgegangen. Der Cromm hatte sie verraten!

Fafnir reagierte mit übermenschlicher Geschwindigkeit. Er stand auf und riss die Klappe zum Handgepäck auf. Als er das eingewickelte Schwert an sich genommen hatte, drückte er es Elisabeth in die Hand. »Halt dich an mir fest!«, schrie er ihr zu, dann trat er mit ganzer Kraft gegen die Notausgangtür, sodass sie aufbrach. Dadurch wurde der Luftzug noch stärker, aber es gelang Fafnir, sich mit den Händen auf die Öffnung zuzuziehen. Elisabeth klammerte sich verzweifelt an seine Schultern und versuchte zugleich, das Schwert nicht zu verlieren. Sie sah aus dem Augenwinkel die anderen Passagiere, die sich panisch Sauerstoffmasken vors Gesicht pressten. Und dann hatte Fafnir die Öffnung erreicht. Mit einem Ruck zog er sie beide hinaus. Sie wurden durch die Luft gewirbelt, und dann fielen sie.

Die Geschwindigkeit, mit der sie in die Tiefe stürzten, raubte Elisabeth den Atem. Sie befürchtete, die Besinnung und damit den Halt zu verlieren, als es geschah: Fafnir verwandelte sich. Er wurde zu einer riesenhaften Echse, links und rechts fuhren mächtige Flügel aus ihm heraus, die den Sturz abbremsten. Elisabeth hielt sich nun nicht mehr an menschlichen Schultern fest, sondern an einem

94

Stachel, der dem Drachen am Halsansatz gewachsen war. Schließlich fielen sie gar nicht mehr. Sie sausten horizontal über das Meer unter ihnen hinweg. Allerdings nur einen kurzen Augenblick.

»Festhalten!«, hörte sie eine Stimme in ihren Kopf. In einem Bogen stiegen sie auf, dann legte der Drache seine Flügel an und sie schossen in einem 90 Grad-Winkel hinab. Elisabeth sah nach vorne und begriff. Die Überreste des hinteren Flugzeugteils regneten in einem glühenden Trümmerregen hinab. Zischend und dampfend schlugen sie auf dem Wasser auf. Der vordere Teil des Flugzeugs befand sich im Senkflug und würde auf dem Wasser zerschellen. Fafnir hatte vor, die Menschen darin zu retten.

In einem gewagten Manöver rammte er seine Klauen in die Hülle des halben Flugzeugs. Die Tragflächen waren von der Explosion beschädigt worden und waren ausgefranst, als hätte ein Kind mit einer übergroßen Schere an ihnen herumgeschnippelt, aber durch Fafnirs Hilfe hielten sie das Flugzeug einigermaßen gerade, als sie hinabrauschten. Je näher sie der Wasseroberfläche kamen, umso stärker schlug Fafnir mit seinen Schwingen, um die Geschwindigkeit zu verringern. Elisabeth konnte spüren, welche Kraft ihn die Rettungsaktion kostete. Endlich waren sie dicht über dem Wasser, auf dem die Sonne glitzerte. Der Rumpf des halben Flugzeugs peitschte Wasser aufspritzend über die Oberfläche, doch Fafnir ließ erst los, als keine Gefahr eines Überschlags mehr bestand. Es war sicher keine sanfte Landung, aber das Flugzeug schlitterte weiter, ohne sich zu überschlagen oder in Stücke zu zerreißen. Fafnir schlug mit seinen Flügeln und ließ sie an Höhe gewinnen. Elisabeth schaute nach unten, bis das halbe Flugzeug zum Stehen kam und ein Notwasserausstieg in die Wege geleitet wurde. Eine orangene Insel pumpte sich selbst auf, und an der rechten Flanke wurde eine Rutsche ins Wasser gelassen. Sie atmete erleichtert auf. Wenigstens ein Teil der Passagiere hatte den Absturz überlebt.

Sie legte das Schwert quer vor sich, sodass es zwischen ihrem Körper und dem Stachel, an dem sie sich festhielt, eingeklemmt war. Was in drei Teufels Namen war eigentlich gerade geschehen? Als hätte Fafnir ihre Gedanken erraten – vielleicht hatte er es auch tatsächlich –, antwortete er ihr grollend: »Ein Anschlag. Der Cromm hat versucht, uns auszuschalten.«

Elisabeth schauderte. Ihr Leben hatte sich rasant, geradezu über Nacht vollkommen verändert. Eben hatte man versucht, sie umzubringen. Und jetzt hockte sie auf dem Rücken eines Drachens. Sie nahm sich vor, ihre Sorgen und Ängste auf einen späteren Zeitpunkt zu verschieben und den Flug über den tropischen Ozean zu genießen. Durch den Zugwind war es frisch, aber nicht kalt, da die Sonne sie wärmte. Sie flogen vielleicht fünfhundert Meter über der glitzernden Wasseroberfläche. Sie sah blasende Wale und Delphinschulen, die unter ihnen dahinzogen. Die Schwingen des Drachen hatten eine so große Spannweite, dass er nur manchmal mit ihnen schlagen musste, die meiste Zeit glitten sie, von den Luftströmen getragen, zwischen Himmel und Wasser dahin. Es war ein unbeschreibliches Gefühl. Getragen von einer uralten, mächtigen Kreatur. Zwischen den Elementen, in friedfertiger Harmonie mit der stillen, sie umgebenden blauen Welt.

6. Kapitel

Elisabeth genoss den Flug, aber irgendwann machten sich die Aufregung des Absturzes und der Schlafmangel der vorangegangenen Nacht bemerkbar, und sie konnte nicht anders als einzuschlafen. Sie träumte von einem Tempel, in dem sich eine Schar Frauen in weißen Gewändern versammelt hatte. Die Frauen knieten und beteten eine Staue an, klagten der Staue ihr Leid, baten sie um Hilfe und Beistand. Eine der Frauen, eine Priesterin, trat nach vorne, verbeugte sich tief und stellte eine Schale mit Opfergaben vor die Füße der Statue – vor *ihre* Füße. Sie war die Göttin, die angebetet wurde.

Sie schlug die Augen auf. Ihr Rücken fühlte sich steif und verspannt an. Die Sonne ging hinter ihnen unter und tauchte das Meer in rötliches Licht. Sie sanken langsam hinab. Jetzt erblickte sie Fafnirs Ziel, einen schwarzen Punkt im Wasser vor ihnen. Der Punkt wuchs, als sie weiter auf ihn zuhielten, und nahm die Konturen eines Schiffes an. Es war lang und platt, nur auf dem Heck befand sich ein Aufbau. Elisabeth hatte keine Ahnung von Schiffen, nahm aber an, dass es sich um einen Tanker handelte, der Rohöl oder eine andere Flüssigkeit transportierte.

Rasch wurde es dunkler, und bald erhellten nur noch der Mond und der Elisabeth fremde Sternhimmel die Nacht. Der Drache umkreiste den Tanker halb, dann landete er hinter dem Heckaufbau. Man sollte meinen, ein Drache sei ein lautes Geschöpf, aber bis auf ein leises Klacken, das die Krallen auf dem Metalldeck verursachten, war kein Geräusch zu vernehmen.

»Absteigen«, raunte er ihr zu.

Elisabeth nahm das Schwert in die Linke, hielt sich mit der Rechten am Stachel fest und ließ sich vom Rücken der riesigen Echse hinabgleiten. Kaum stand sie auf eigenen Beinen, nahm Fafnir menschliche Gestalt an. Nackt stand er vor ihr. Nur ein schwacher Abglanz von Schuppen schimmerte noch einen Moment lang über seinen Körper. – Ein äußerst stattlicher Körper, wie Elisabeth nicht umhin konnte zu bemerken, ehe sie den Blick verlegen auf ihre Zehenspitzen richtete. »Hier«, sagte sie und streckte ihm das Schwert hin. Vielleicht konnte er sich das Tuch, in das die Klinge eingewickelt war, irgendwie als Lendenschurz umbinden.

Aber Fafnir schüttelte den Kopf. »Es gehört dir. Ohne dich würde es jetzt vermutlich zwischen meinen Rippen stecken, und heute Mittag hast du es aus dem Flugzeug gerettet.«

Es war erst wenige Stunden her, aber Elisabeth hatte den Absturz fast schon erfolgreich verdrängt. Sie schauderte, als sie an die toten Menschen dachte. Die chinesischen Geschäftsleute, die hinten in der Business Class gesessen hatten. Sie fühlte sich schuldig, als ihr einfiel, dass auch ihr ganzes Gepäck im Meer gelandet war. Sie besaß jetzt nur noch das, was sie am Leib trug. Eine mitgenommene Jeans, ihr Handy, ihren Geldbeutel, ein T-Shirt und ein leichtes Jäckchen – und ein uraltes Schwert, von dem sie nicht wusste, was sie damit anfangen sollte. Sie hob den Blick. Rasch, um nicht bei Fafnirs Körpermitte zu verweilen.

»Wieso grinst du?«, fragte sie.

»Ist schon 'ne Weile her, dass ich als blinder Passagier gereist bin«, erwiderte Fafnir locker. »Komm, suchen wir uns einen Unterschlupf.«

Elisabeth schlich hinter Fafnir her über das Deck, bis sie eine Luke fanden, die er ohne Anstrengung aufbrach. Er nahm sie bei der Hand und führte sie durch die dunklen Eingeweide des riesigen Schiffs.

Während sie gingen, gewöhnten sich Elisabeths Augen allmählich an die Finsternis. Und als Fafnir eine unabgeschlossene Tür öffnete, erkannte sie die Konturen von Containern. Sie mussten sich in einer Art Lagerhalle befinden. In der Mitte des Raums war viel freie Fläche, aber Fafnir bog in einen schmalen Gang zwischen zwei Containerreihen und ließ sich in einer Nische in die Hocke nieder. Elisabeth setzte sich ihm gegenüber und legte das Schwert vor sich ab. Ihr Magen knurrte hörbar.

»Ich habe auch Hunger«, sagte Fafnir. »Okay«, fügte er nach einer kurzen Pause hinzu, »du bleibst hier, und ich schaue, ob ich etwas zu essen auftreiben kann.« Er erhob sich.

»Warte«, sagte Elisabeth kleinlaut. »Du kommst doch zurück, oder?«

»Natürlich«, sagte Fafnir in beruhigendem Tonfall. »Mach dir keine Sorgen. Schlaf ein wenig, wenn du kannst.« Mit diesen Worten ging er los, so leise, dass Elisabeth konzentriert lauschen musste, um seine Schritte verhallen zu hören. Sie schloss die Augen, weil die Dunkelheit mit geschlossenen Augen besser zu ertragen war. In der Halle war es kühl. Sie fröstelte, zog die Beine an die Brust und schlang die Arme darum. Plötzlich durchzuckte sie ein heißer Schmerz. Sie versuchte ruhig zu atmen, aber eine zweite Schmerzwelle folgte der ersten. Es fühlte sich an, als würde Säure durch ihre Adern rasen. Ihre Muskeln verkrampften. Ihre Hände zitterten heftig, und ihre Beine zuckten unkontrolliert – dann war es vorüber, so schnell wie es gekommen war. Sie holte tief Luft und entließ sie langsam wieder aus ihren Lungen. Nur eine kleine Panikattacke, sagte sie sich. Sie legte sich hin, kauerte sich zusammen und hoffte, dass es ihr gelang einzuschlafen.

Sie musste tatsächlich eingeschlafen sein, denn sie hatte nicht mitbekommen, wie Fafnir zurückgekehrt war. Verwundert setzte sie sich auf. Weshalb konnte sie ihn so deutlich sehen? Hatte er ein Licht angeschaltet? Aber da war nichts, kein Schein einer Lichtquelle. Es war genauso dunkel wie zuvor, aber sie sah ihn deutlich, wie er mit weiter blauer Hose und einem ölfleckigen weißen Hemd vor ihr saß und ihr eine Dose, in der ein Löffel steckte, hinhielt.

»Hier, etwas zu essen«, sagte er überflüssigerweise.

Elisabeth nahm die Dose und aß, obgleich ihr Hunger einem flauen Gefühl im Magen gewichen war. Abgesehen von der leichten Übelkeit fühlte sie sich ausgeruht und stark.

»Wir haben Glück«, sagte Fafnir kauend, »dieses Frachtschiff wird uns direkt nach Manila bringen. Außerdem konnte ich herausfinden, dass die Crew einem illegalen Nebenerwerb nachgeht. Sie hat also ein Interesse daran, kein Aufsehen zu erregen. Das könnte uns zugute kommen.«

»Was machen wir, wenn wir in Manila sind?«, fragte Elisabeth leise. Der kalte Bohneneintopf schmeckte grässlich, aber es tat gut, etwas in den leeren Magen zu bekommen.

Fafnir räusperte sich. »Ich habe keinen Zweifel daran, dass die Bombe im Flugzeug uns gegolten hat, und dass der Cromm dahintersteckt.« Er nahm einen Schluck aus einer Plastikflasche. »Es ist etwas echt Übles im Gange. Ich muss herausfinden, was genau.« Er hielt Elisabeth die Flasche hin und fuhr fort: »Wenn ein Informant mir die Wahrheit gesagt hat, kann ich dich vorerst nicht in die Anderswelt bringen. Ich werde dich in einem sicheren Versteck unterbringen, bis die Dinge bereinigt sind.«

»Ich bleibe bei dir«, sagte Elisabeth, selbst überrascht von der Schärfe ihres Tons.

Fafnir lächelte gequält. »Wir werden sehen.«

»Du bist wirklich ein Drache«, stellte Elisabeth mehr für sich selbst fest. Diese Tatsache war nicht mehr zu leugnen, seit sie auf seinem Rücken durch den Himmel geflogen war. »Weißt du, warum ich dir nicht geglaubt hätte, selbst wenn ich generell an Fabelwesen glauben würde?«

»Warum?«, fragte Fafnir interessiert.

»Deine Sprache. Von einem Drachen, vor allem von einem so alten – entschuldige, würde ich erwarten, dass er sich gehoben, irgendwie mystisch ausdrückt. Aber du sprichst ganz normal, manchmal sogar eher wie ein jüngerer Mann.«

Fafnir lächelte breit, er fasste das als Kompliment auf. »Anpassung«, sagte er. »Wir, die Alten, leben unerkannt. Die Fähigkeit zur Anpassung ist für uns lebensnotwendig.« Er schnaubte belustigt. »Außerdem ist es ein verbreiteter Irrglaube der fantastischen Literatur, ein hohes Alter allein würde weise machen. Ich kenne Wesen, die über zweitausend Jahre alt sind, etliche Sprachen sprechen, Zivilisationen entstehen und verfallen gesehen haben und sich noch immer wie pubertierende Vollidioten verhalten.«

Er biss sich auf die Unterlippe und zauberte aus einer tiefen Knietasche eine flache Flasche Rum hervor. »Es gibt etwas, über das wir reden sollten. Ich weiß jetzt, welche Seele von dir Besitz ergreift.«

Elisabeth schluckte.

Fafnir schraubte die Flasche auf, nahm einen Schluck und bot den Rum Elisabeth an. Sie zögerte kurz, dann griff sie zu und trank. Der hochprozentige Alkohol brannte sich ihre Speiseröhre hinab, doch als er den Magen erreichte, breitete sich ein wärmendes, wohltuendes Gefühl in ihr aus, und sie nahm einen weiteren Schluck.

»Hekate hat dich erwählt«, sagte Fafnir ernst. »Im antiken Griechenland wurde sie als Göttin der Magie und Totenbeschwörung verehrt, aber sie hatte auch eine ausgesprochen kriegerische Seite. Ich bin ihr nur einmal im zwölften Jahrhundert in Messina begegnet. Sie hatte ihr Äußeres verändert und zog gleich mir als Kreuzritter an der Seite von König Richard gen Jerusalem. Messina verwehrte uns den Einzug, und die Stadtbewohner reizten unser Heer und den König mit Ausfällen. Der König beschloss anzugreifen, und wir eroberten in einem harten Kampf die Stadt. Ich hatte die Stellung eines Beraters inne und hielt mich von den Kampfhandlungen fern. Als die Stadt jedoch eingenommen war, veranstaltete Hekate ein fürchterliches Gemetzel. Sie war im Blutrausch, und ich trat ihr entgegen.«

»Du hast sie getötet!«, begriff Elisabeth.

»Ja«, sagte Fafnir mit belegter Stimme, »ich habe sie getötet.« Er suchte nach den richtigen Worten, um Elisabeth zu erklären, weshalb es nach den Beschlüssen des 1. Konzils sogar seine Pflicht gewesen war, Hekate aufzuhalten, aber als er schon Luft holte, öffnete sich knarrend die Tür zur Lagerhalle.

Ein Licht ging an. Fafnir und Elisabeth zogen sich rasch in den vollen Sichtschutz hinter einen Container zurück. Schritte waren zu vernehmen und das harsche Aufstellen eines Stuhls.

»So, du Hurensohn«, sagte eine tiefe Stimme gehässig, »jetzt wirst du singen.«

Es war eigenartig. Elisabeth bemerkte, dass der Mann in einer Sprache redete, die sie nicht kannte, und dennoch verstand sie die Bedeutung der Worte.

Ratsch! Ein Klebeband wurde von Haut gerissen.

»Komm schon, Isko!«, war ein Mann jammernd zu hören. »Irgendwer muss dir Mist erzählt haben. Ich hab niemandem was gesagt, ich schwör's dir!«

Das Geräusch eines Schlags. Knöchel auf Nasenbein.

»Bitte!«

»Halt's Maul!«

Noch ein Schlag. Gurgelndes Winseln.

»Wir wissen, dass du die Ratte bist«, sagte wieder die erste Stimme. »Wolltest uns bei den Scheißcops verpfeifen.«

»Ginto, Maliks«, flehte der Angeklagte, »wir sind doch Freunde! Ich hab niemandem was gesagt.«

Ein weiterer Schlag.

»Niemandem.« Weinen.

»Letzte Chance, du verdammter Verräter. Du sagst uns jetzt, an wen genau du uns verkauft hast und was du alles erzählt hast, dann darfst du schnell sterben. Ansonsten …« Die Klinge eines Springmessers klackte aus dem Griff.

»Nein! Bitte nicht!«

Elisabeth wurde von einem neuerlichen Krampfanfall durchzuckt, aber diesmal ebbte der Schmerz rasch ab und ihr Blut geriet in Wallung. Wut und Tatkraft stiegen in ihr auf. Ehe Fafnir sie aufhalten konnte, war sie schon aus der Deckung gesprungen.

Die Szene, die sich ihr darbot, entsprach ziemlich exakt ihrer Vorstellung. Ein Mann war auf einen Stuhl gefesselt, drei fies aussehende Kerle in Muscleshirts und Dreiviertelshosen standen vor ihm. Der eine, Isko, bedrohte den Gefesselten mit einem Messer. Die drei stehenden Männer hatten dunkle Haut, und Tätowierungen bedeckten ihre muskulösen Oberarme. Verdutzt starrten sie erst die junge Frau, dann den länglichen, von Tuch eingewickelten Gegenstand in ihrer rechten Hand an. Elisabeth bemerkte selbst erst jetzt, dass sie das Schwert fest umgriffen hielt. Da stand sie. Kampflustig und zugleich irritiert von ihrem Mut – oder ihrer Dummheit.

Isko verzog den Mund zu einem hässlichen Grinsen. »Jo Kleines, du willst wohl mitspielen, was?«

Der Mann rechts von Isko zog eine Pistole, die an seinem Rücken im Gürtel gesteckt hatte.

Scheiße, dachte Elisabeth. Ein anderer Teil in ihr jedoch amüsierte sich köstlich. Ein Lachen stieg in ihr auf, sie konnte nichts dagegen tun. Höhnend lachte sie die Männer aus.

»Die Schlampe ist irre«, grunzte Isko. »Ginto, schnapp sie dir.«

Der Mann ohne Pistole, zugleich der muskulöseste der drei, kam auf Elisabeth zu. Ihr Lachen wurde zu einem heißeren Krächzen.

Keine fünf Schritte trennten Ginto noch von ihr. »Wehr dich nicht, Kleines, ist besser für dich«, sagte er.

Mit einer ruckartigen Drehung des Handgelenks befreite Elisabeth das Schwert von dem Tuch. Ginko wollte etwas sagen, kam aber nicht mehr dazu. Ohne Elisabeths bewusstes Zutun machte ihr Körper einen Ausfallschritt, die Klinge schoss vor und fuhr schräg durch Gintos Gesicht. Eine rote Linie bildete sich von seinem linken Unterkiefer bis zu seinem rechten Ohr, dann rutschte die obere Hälfte des Schädels herunter, und der Mann sackte tot zusammen.

»Fuck!«, fluchte Isko erschrocken.

Maliks hob seine Pistole, bereit, die Fremde über den Haufen zu schießen. In dem Moment rammte Fafnir ihn von der Seite, sodass sie beide zu Boden gingen.

Elisabeth stürmte vor. Isko hatte kaum Kampfhaltung angenommen, schon stach sie zu. Gram durchbohrte die Brust des Mannes. Elisabeth drehte die Klinge im Fleisch und riss sie dann heraus. Ein Blutschwall spritzte ihr entgegen. Warm benetzte er ihr Gesicht. Die Hekate in ihr frohlockte, doch plötzlich zog sie sie sich zurück, ließ Elisabeth allein. Verzweiflung schwappte über ihr zusammen, und sie sank auf die Knie nieder. Das Schwert entglitt ihrem Griff und fiel scheppernd auf den Boden.

Fafnir hatte den umgerammten Mann erledigt, geschmeidig kam er auf die Beine. Er schnaubte und warf Elisabeth einen ärgerlichen Blick zu, ehe er auf den Gefesselten zuging, um ihm kurzerhand mit einem raschen Griff beider Hände den Kopf zu verdrehen, wodurch er ihm das Genick brach.

»Warum hast du das getan?«, fragte Elisabeth anklagend mit schwacher Stimme.

»Hast du nicht mitbekommen, dass er ein Verräter war?«, gab Fafnir knurrend zurück. »Er hätte auch uns verraten.«

»Ich wollte ihm helfen …«

»Nein«, unterbrach Fafnir sie barsch, »das glaubst du nur. Die Hekate in dir wollte Blut vergießen.«

Hatte er Recht? Eine Träne rollte ihre Wange hinab. Was hatte sie getan?

»Reiß dich zusammen und steh auf«, befahl Fafnir. »Wir müssen uns ein anderes Versteck suchen.«

***

»Mister Black, wir befinden uns jetzt über der Absturzstelle«, hörte Beliar die Stimme des Hubschrauberpiloten über den Kopfhörer.

»Bringen sie uns runter auf fünf Meter«, wies Beliar an.

Der Pilot gehorchte, und der Helikopter sank herab.

Beliar zog den Kopfhörer ab und die Seitentür auf. Der durch die Rotoren verursachte Wind peitschte das Wasser auf.

»Fünf Meter«, bestätigte der Pilot.

»Warten Sie auf mich«, sagte Beliar, und dann sprang er. Im Flug drehte er sich und tauchte mit einem kerzengeraden Köpfer ins Meer ein. Er brauchte keine technischen Hilfsmittel wie eine Sauerstoffflasche, die ihn nur behindert hätte. Lediglich eine Lampe hing am Gürtel, den er über dem schwarzen Tauchanzug trug. Beliar konnte stundenlang ohne Luft auskommen. Mit kräftigen Zügen hielt er auf die Dunkelheit unter ihm zu. Ein Hammerhai tauchte neben ihm auf. Kurz schien er zu überlegen, ob Beliar eine gute Beute abgeben könnte, doch er entschied sich klugerweise gegen einen Angriff. Bald war es so dunkel, dass Beliar die Lampe vom Gürtel nehmen und sie anschalten musste. Immer tiefer hinab folgte er dem Lichtkegel.

Endlich erblickte er das gesunkene Flugzeug auf dem Meeresboden. Ein Schwarm kleiner Fische ließ sich von dem Eindringling nicht behelligen, und Beliar schwamm mitten hindurch. Die Tragflächen des Flugzeugs waren entweder beim Aufprall oder beim Absinken abgebrochen und lagen links und rechts neben dem Rumpf. Ein Engel mit abgeschlagenen Flügeln. Beliar konnte nur den vorderen Teil des Flugzeugs ausmachen, den hinteren musste die Sprengladung komplett zerfetzt haben. Keine zwei Meter über dem Wrack verharrte er schwerelos und betrachtete die stille Szene. Was war das? In dem Flugzeugdach sah er Löcher. Jeweils drei nebeneinander. Beliar überlegte, ob es eine andere Erklärung gab, aber ihm fiel keine ein. Ein großes Biest hatte seine Klauen in die Schale geschlagen, und das wiederum machte verständlich, weshalb es überhaupt Überlebende gegeben hatte.

Beliar stieß einen stummen Fluch aus. Er tauchte in das Wrack hinein und fand nur bestätigt, was er befürchtet hatte. Keine Leichen. Er sah sich ein letztes Mal um, dann machte er sich daran, wieder aufzutauchen.

Er zog sich an dem Rettungsseil hoch und wuchtete seinen Körper zurück in den Helikopter.

»Soll ich Sie zurück zum Flugzeugträger bringen?«, fragte der Pilot über die Schulter hinweg. Er befand sich schon zu lange in den Diensten eines dubiosen Auftraggebers, um sich noch über so Ungewöhnliches wie einen Mann, der stundenlang die Luft anhalten konnte, zu wundern.

»Warten Sie«, wies Beliar an. Er rubbelte sich das Gesicht und die Haare mit einem Handtuch trocken und nahm sein Handy aus der auf einem freien Sitz liegenden Anzughose. Er sammelte sich kurz, ehe er auf eine Kurzwahltaste drückte.

»Ja?«, meldete sich der Cromm erwartungsvoll.

Mit schlechten Nachrichten rückte man besser gleich heraus. Beliar sagte: »Alles spricht dafür, dass Fafnir entkommen ist, und von Elisabeth Pfeiffer auch keine Spur. Wenn sie nicht unter den Überlebenden ist, vermute ich sie bei ihm.«

Stille. Trotz des Geräuschs, das die Rotoren verursachten, erschien sie Beliar tiefer als die auf dem

Meeresgrund. Sie war schwer zu ertragen, deshalb fügte Beliar hinzu: »Ich nehme an, die beiden befinden sich auf dem Weg nach Manila. Es gibt in der Nähe noch ein paar kleine Inseln, aber …«

»Sie wollen nach Manila«, unterbrach der Cromm mit einem unterdrückten Zorn, der selbst Beliar frösteln ließ. »Spüre sie auf und bring sie zur Strecke.«

»Das werde ich«, versprach Beliar.

»Du musst klug vorgehen«, grollte der Cromm. »Fafnir hat großen Einfluss in Manila, und wir dürfen uns nicht mehr darauf verlassen, dass diese Göre unsere Sache unterstützt, ehe sie nicht vollkommen übernommen wurde. Ich schicke dir die Adresse einer Kontaktperson.«

»Verstanden«, erwiderte Beliar, aber die Leitung war bereits tot.

»Reicht der Treibstoff bis zu den Philippinen aus?«, fragte er den Piloten.

Der Mann studierte eine Anzeige. »Knapp, aber wir müssten es schaffen.«

»Dann los.«

»Roger, Mister Black.«

7. KAPITEL

Das erste Anzeichen von Zivilisation bestand in den blinkenden Balken auf dem Display von Elisabeths Handy, die anzeigten, dass das Gerät wieder Verbindung zu einem Netz herstellen konnte. Auf seine wortlose Bitte reichte sie Fafnir das Smartphone. Er wählte Kalis Nummer, die er auswendig kannte, aber niemand nahm ab. Er versuchte es mit zwei weiteren Ratsmitgliedern, wieder ohne Erfolg. Mürrisch gab er Elisabeth das Handy zurück. Die letzten drei Tage hatten sie damit verbracht, Essen und Trinken zu stibitzen und ständig ihr Versteck zu wechseln. Fafnir war dem Rest der Crew stets einen Schritt voraus gewesen, aber das Versteckspiel hatte seine Laune verfinstert. Sie hockten in einer Besenkammer an einem offenen Bullauge, und jetzt erspähte Elisabeth in der Ferne eine von Dunst verhangene Skyline. Mehr als die Stadt, die sie in wenigen Stunden erreichen würden, interessierte sie allerdings diese Hekate. Zwei weitere Krampfanfälle hatten sie heimgesucht, nach jedem hatte sie sich stärker, aber auch fremder in sich selbst gefühlt. Sie tippte den Namen der Gottheit in eine Suchmaschine ein und begann zu recherchieren.

Fafnir beäugte Elisabeth argwöhnisch. Mittlerweile hatte er den Plan hinter den vermeintlichen Zufällen erkannt. Der Cromm musste damit gerechnet haben, dass der Rat ihn schicken würde, um die Erwachende in Empfang zu nehmen. Offensichtlich hatte er sich nur im Timing vertan. Vielleicht hatte Elisabeth einen ungewöhnlich starken Willen, sodass der Prozess der Übernahme länger dauerte. Zweifellos war der Cromm davon ausgegangen, dass sie sich bereits beim Angriff der Dämonen gegen ihn wenden würde. Als der erste Anschlag fehlgeschlagen war, hatte er offenbar umgedacht und in Kauf genommen, sie mit der Flugzeugbombe beide zu vernichten. Das alles ergab nun einen gewissen Sinn. Aber wie zum Teufel hatte der Cromm wissen können, dass ausgerechnet eine alte Feindin Fafnirs ausreichend Kraft gesammelt hatte, um aus dem Schattenreich zu entkommen und einen Menschen zu beseelen? Soweit ihm bekannt war, gab es keine Möglichkeit, mit dem Schattenreich in Kontakt zu treten. Andererseits hatte er es hier mit sehr alten und überaus mächtigen Kräften zu tun. Sofern Mussog die Wahrheit gesagt hatte, verfügte der Cromm über einen Verbündeten in der Anderswelt. Jenes Wesen, das nun zwischen den Toren festsaß.

»Und«, fragte er, »was gibt das Internet her?«

»Nicht viel mehr als das, was du mir schon gesagt hast«, murmelte Elisabeth. »Sie wird als Göttin der Zauberkunst, der Totenbeschwörung, des Spuks und der Wegkreuzungen beschrieben. Ursprünglich stammt sie aus einem kleinasiatischen Kult und wurde im 6. Jahrhundert in die griechische Mythologie aufgenommen. Davor hat man sie wohl als eine Art Große Mutter verehrt.«

Elisabeth lächelte, halb gequält, halb geschmeichelt. Sie warf den Kopf in den Nacken und sagte: »Mann, ich kann das immer noch nicht fassen! Drachen, Dämonen, Götter. Ich glaube nicht an Götter.«

»Und damit liegst du richtig«, sagte Fafnir ernst. »Es gibt keine Götter. Es gibt nur alte Wesen, die über bestimmte Kräfte verfügen, aber keines von ihnen hängt von Gläubigen ab, und jedes von ihnen kann sterben.«

»Offenbar nicht so richtig, oder?«, hakte Elisabeth skeptisch nach.

»Eigentlich schon«, sagte Fafnir. »Niemand weiß genau, was mit einer Seele geschieht, wenn sie den fleischlichen Körper verlässt. Die Alten sprechen in dem Zusammenhang gern vom *Schattenreich*, aber es ist nur ein Platzhalter. Es kam schon lange keine Seele mehr von dort zurück – wo immer *dort* sein mag.«

»Cool, dann bin ich ja was ganz Besonderes«, schnaubte Elisabeth sarkastisch.

»Das bist du in der Tat«, sagte Fafnir, ohne auf den Sarkasmus einzugehen. Er schüttelte den Kopf. »Irgendwie muss Hekate ihre Rückkehr vorbereitet haben. Vielleicht durch einen bestimmten Zauber.« Er kratzte sich am Kinn und dachte weiter laut nach: »Ja, genau. Der Cromm und sie haben gar nicht kommuniziert, denn das ist unmöglich. Was bedeutet, dass sie diesen Plan schon vor langer Zeit gemeinsam ausgeheckt haben …«

»Bin ich wirklich etwas Besonderes für dich?«, unterbrach Elisabeth ihn sanft.

»Ja, du bist etwas Besonderes«, bestätigte Fafnir.

»Ich meine *für dich*?« Mit diesen Worten legte Elisabeth ihre Hand an Fafnirs Brust.

»Ähm«, machte Fafnir verlegen.

»Zeig mir, dass ich etwas Besonderes für dich bin«, säuselte Elisabeth, und ihre Hand wanderte tiefer.

Erst jetzt bemerkte Fafnir, das schelmische Funkeln in ihren Augen. Abrupt stand er auf und machte einen Schritt zurück. Elisabeth erhob sich ebenfalls. Ihre Bewegungen waren anmutig. Fafnir spürte die Tür in seinem Rücken, er konnte nicht weiter vor ihr zurückweichen. Forsch fasste sie ihm in den Schritt.

»Komm schon«, raunte sie verführerisch, »ich will deinen harten Drachenschwanz in mir spüren.«

Ein kurzer Seitenblick auf das Schwert, das auf einem Regalbrett lag, verriet ihre Absichten vollends. Es war nicht Elisabeth, mit der er es im Augenblick zu tun hatte, sondern Hekate. Er packte sie am Handgelenk und zwang ihren Arm nach oben.

»Oh, ich steh drauf, wenn du grob wirst«, lächelte Hekate mit Elisabeths Mund.

»Such dir einen anderen Körper«, knurrte Fafnir.

Jetzt lachte Hekate schallend. »Wieso sollte ich das tun? Mir gefällt dieser hier.« Sie leckte sich aufreizend über die Lippen. »Du würdest ihm doch keinen Schaden zufügen. Nein, das würdest du nicht.«

»Nur, wenn es sein muss«, sagte Fafnir hart, und dann rammte er Hekate die Stirn gegen das Nasenbein. Ihre Augen wurden weiß, sie schwankte und brach zusammen. Fafnir fing ihren Sturz auf und legte sie sacht auf dem Boden ab. Er blickte aus dem Bullauge und hoffte, dass die Zeit, bis sie Manila erreichten, rasch verstreichen würde.

Er nahm das Handy, wählte – und diesmal wurde der Anruf angenommen.

***

Am späten Nachmittag lief das Schiff an einem breiten Pier ein, das wie ein ausgestreckter Zeigefinger in die See ragte. Fafnir hatte sich den Kopf darüber zerbrochen, wie sie unerkannt von Bord kamen. Die Lösung, die ihm eingefallen war, behagte ihm wenig, aber eine andere Möglichkeit sah er nicht. Soweit er sagen konnte, war Elisabeth wieder sie selbst. Trotzdem hätte er sie gefesselt, wenn das etwas genutzt hätte. Aber sie war mittlerweile so stark geworden, dass sie jede ihm zur Verfügung stehende Fessel mit Leichtigkeit zu sprengen vermocht hätte.

Sie befanden sich im Gang eines unteren Decks. Nur das Handydisplay spendete ein fahles, blaues Licht. Ein Ächzen ging durch das Schiff, als es andockte.

»Wie oft soll ich mich denn noch entschuldigen?«, fragte Elisabeth verzweifelt.

»Wenn du es vermeiden kannst, gar nicht mehr, hast du schon oft genug getan«, brummte Fafnir.

»Dann sei doch bitte wieder normal zu mir«, flehte Elisabeth, die Fafnirs Zerknirschtheit und Argwohn ihr gegenüber nur schwer ertragen konnte. In ihrer momentanen Lage war er der einzige Mensch – *Drache*, korrigierte sie sich –, den sie hatte.

»Ich versuch's«, erwiderte Fafnir etwas lahm, während er sich konzentrierte, um dann die Klaue in die Wand zu schlagen. Eine teilweise Verwandlung war wesentlich schwieriger als eine vollständige, und es kostete ihn Mühe, den Drachen davon abzuhalten, aus ihm herauszubrechen.

Elisabeths Kraft war tatsächlich beeindruckend gewachsen. Sie half ihm, die Stahlplatten nach innen zu biegen, sodass ein Durchgang entstand. Das Loch in der Schiffshülle, das sie gemeinsam schufen, befand sich nicht mehr als einen Meter über der Wasseroberfläche.

»Das genügt«, sagte Fafnir. »Folge mir.«

Er zwängte sich durch das Loch und ließ sich ins Wasser hinunter. Ein bestialischer Gestank ging von dem Müll, der auf dem Wasser trieb, aus. Seite an Seite schwammen sie unter dem Pier Richtung Land.

Elisabeth konnte sich nicht entscheiden, ob sie durch den Mund oder die Nase atmen sollte. Der Gestank war unerträglich, aber noch weniger wollte sie etwas von dieser fauligen Suppe aus Versehen schlucken. Auf dem Pier über ihnen waren Schritte und gedämpft Stimmen zu hören. Fafnir gab ihr ein Zeichen, sie solle ihm tauchend weiter folgen. Sie holte tief Luft, biss die Zähne zusammen und tauchte ihm nach.

Dreißig Meter von dem Pier entfernt wateten sie im Schutz der Einzug haltenden Dunkelheit an Land. Fafnir stützte sich auf das Schwert und wischte sich mit bloßer Hand angewidert das Gesicht ab. Er wartete, bis Elisabeth es ihm gleichgetan hatte, dann stapfte er auf das Hafengelände zu.

Laute Karaoke-Musik drang aus den offenen Fenstern einer heruntergekommenen, windschiefen Kaschemme mit Wellblechdach. Fafnir bemerkte die Skepsis in Elisabeths Gesicht.

Er räusperte sich. »Wir sind hier verabredet. Wir treffen einen Mann, der dir helfen kann. Jedenfalls hoffe ich das«, fügte er düster hinzu.

Elisabeth nickte geknickt.

Ein gutes Dutzend Hafenarbeiter und Seeleute hatten sich vor einem Fernseher versammelt. Gleich zwei von ihnen sangen, den Text auf dem Bildschirm ablesend, *We Are the Champions* von Queen.

Die anderen tranken Rum und Bier, und es standen Schalen mit Hühnerfleisch auf den Plastiktischen. Einen Tresen gab es nicht, nur den Karaoke-Raum und ein Nebenzimmer. Die versammelten Männer waren so mit der schiefen Performance beschäftigt, dass nur einer die Nase rümpfte, als Fafnir und Elisabeth an ihnen vorbei in den Nebenraum gingen. Sie ließen sich an einem Tisch nieder. Fafnir trommelte ungeduldig mit dem Mittelfinger den Takt des Songs auf die klebrige Tischplatte. Sniff hatte versprochen zu kommen. Wo steckte er? Sie hatten nicht einmal Geld bei sich, um sich etwas zu trinken und Zigaretten leisten zu können.

»Auf wen warten wir?«, fragte Elisabeth kleinlaut.

»Sein Name ist Sniff«, antwortete Fafnir. »Natürlich ist das nur sein Straßenname. Er stammt ursprünglich aus Nigeria und hängt der Yoruba-Tradition an.«

»Musst du in Rätseln sprechen?«, beschwerte sich Elisabeth.

Fafnir schnaubte. »Er ist ein Voodoo-Priester, okay? Er ist gerade mal dreihundert Jahre alt, beherrscht aber eine ganze Menge unheimlichen Kram. Und ich hoffe, er kann uns, genaugenommen dir, helfen. Jetzt zufrieden?«

Elisabeth senkte leicht den Kopf in Andeutung eines Nickens. Sie hätte es niemals für möglich gehalten, aber in diesem Moment, mit klammen Klamotten und neben Fafnir, der sie wie eine Feindin behandelte, wünschte sie sich nach Hause.

»Er sollte eigentlich schon längst hier sein«, brummte Fafnir ärgerlich. In diesem Moment öffnete ein großgewachsener Schwarzafrikaner die Tür. Elisabeth hielt ihn spontan für einen Gangster. Der Mann, der direkt auf sie zusteuerte, ohne sich umzusehen, trug einen ausgebleichten Anzug mit Nadelstreifen. Um seinen Hals hingen mehrere Ketten, und sein langes Haar war zu dünnen Zöpfen geflochten. Sein Grinsen entblößte zwei Goldzähne, als er sich einen Stuhl heranzog und sich an ihren Tisch setzte.

»Neuer Stil, Ferdi?«, sprach er Fafnir an.

Fafnir schluckte eine bissige Erwiderung hinunter und sagte: »Danke, dass du gekommen bist, Sniff.«

»Ehrensache«, sagte Sniff mit einem leicht kratzigen Bariton in akzentfreiem Englisch. Er wandte sich an Elisabeth: »Du bist also das Gefäß. Wie fühlst du dich?«

Elisabeth zuckte mit den Achseln. »Ganz gut.«

»Steht es in deiner Macht, sie zu befreien?«, wollte Fafnir wissen.

»So einfach ist das nicht. Das letzte Ritual dieser Art wurde vor vielen Jahrhunderten durchgeführt.« Er machte eine Spannungspause. »Allerdings habe ich gleich nach deinem Anruf Erkundigungen angestellt. Wenn euch jemand helfen kann, dann der gute, alte Sniff.« Er grinste breit, dass seine Goldzähne aufblitzten. »Natürlich wird euch das eine ganze Stange kosten.«

Fafnir atmete innerlich erleichtert auf. Sniff wollte verhandeln, und das bedeutete, dass Plan A aufging. Plan B wäre ziemlich ungemütlich geworden, vor allem für Sniff, aber auch Fafnir war es so weitaus lieber. Er vergewisserte sich mit einem Blick über die Schulter, dass ihnen niemand Aufmerksamkeit schenkte, dann nahm er das Schwert, das er seitlich an sich gelehnt hatte, und legte es auf den Tisch. »Das ist Gram, auch bekannt als Balmung.«

»Das Original?«, entfuhr es Sniff. Seine dunklen Augen funkelten gierig.

»In der Tat«, sagte Fafnir. Er wandte sich an Elisabeth: »Ist das in Ordnung für dich?«

»Klar«, sagte Elisabeth. Das Schwert war sicher kostbar, und sie mochte es, aber was nützte es ihr, wenn eine böse Gottheit Besitz von ihr ergriff?

Sniffs Hand fuhr ehrfürchtig über die feinen Verzierungen an der Parierstange.

»Sind wir im Geschäft?«, fragte Fafnir.

Sniff sah erst Fafnir, dann Elisabeth, dann das Schwert und zuletzt wieder Fafnir an. »Oh ja, wir sind im Geschäft.«

***

Fafnir war froh gewesen, als Sniff ihm nach einer ermüdend langen Fahrt mit seinem Pick-up gesagt hatte, er solle gehen. Bei dem Ritual würde er nur stören, er solle übermorgen wiederkommen. Eigentlich hatte er Elisabeth nur förmlich die Hand geben wollen, aber sie war ihm um den Hals gefallen und hatte ihn fest an sich gedrückt. Sie hatte Angst gehabt, vor Sniff und dem, was sie erwartete. Fafnir hatte sich abgewandt, war in ein Taxi gestiegen und hatte sich nach Hause fahren lassen.

Nach einer ausgiebigen Dusche begab er sich in das obere Stockwerk, verwandelte sich in seine wahre Gestalt und streckte sich aus. Seit dem Angriff der Dämonen in Bangkok, seit die Dinge begonnen hatten schiefzulaufen, hatte er kaum Gelegenheit gehabt, sich allein und in Ruhe Gedanken zu machen – und zu schlafen. Die besten Einfälle kamen ihm meist im Schlaf, und er hatte schon manches Rätsel, das sich ihm in seinem langen Leben gestellt hatte, träumend gelöst. Er sperrte sein Maul auf und gähnte ausgiebig, dann legte er den Kopf auf seine überkreuzten Vordertatzen. Er benötigte kein technisches Hilfsmittel, um zu gewünschter Zeit wieder aufzuwachen, da er über eine zuverlässige natürliche Weckuhr verfügte. Kurz dachte er noch an Elisabeth und spürte einen Stich von Schuld in der Magengegend. Er vertrieb das unangenehme Gefühl, indem er sich schüttelte. Niemand konnte ihm vorwerfen, sich vor der Verantwortung zu drücken. Immerhin war er der Hüter der Tore. Ein Kindermädchen war er jedoch nicht und wollte auch keines sein. Vor allem nicht für ein Kind, in dem der Wunsch wuchs, ihn umzubringen. Er gehörte den Alten an – und die Alten hingen nun einmal an ihrem Leben und nahmen Mordversuche daher stets persönlich.

Es gab so viel zu tun. Vor allem musste er den Zwerg Mussog ausfindig machen. Aber zunächst würde er sich ein paar Stunden Schlaf gönnen. Vielleicht sah die Welt danach schon wieder anders aus. Er schloss die Reptilienaugen und sank sogleich in einen tiefen, traumreichen Schlaf.

***

Auch Elisabeth befand sich in einem traumähnlichen Zustand. Räucherwerk und der monotone Gesang von Sniff hatten ihn herbeigeführt. Seine letzten Worten hallten in ihrer Erinnerung nach: »Könnte dir jetzt 'ne Menge erzählen, aber auf das, was bald mit dir geschehen wird, kann man nicht vorbereitet sein. Außerdem wirst du viele ganz individuelle Erfahrungen machen. Nur ein Tipp: Versuch, ruhig zu bleiben und nicht in Panik zu verfallen.«

Dieser Rat war nicht eben beruhigend gewesen. Offenbar zählte Einfühlungsvermögen nicht zu Sniffs Stärken. Momentan gab es allerdings glücklicherweise keinen Anlass für Angst oder Panik. Elisabeth Geist schwebte auf einer sanften Welle gelassener Harmonie. Tatsächlich sah sie sich selbst, getragen von einer Schaumkrone, über einen unendlichen Ozean gleiten. Der Gesang entfernte sich und mit ihm jene andere Welt, die sie bisher für die Wirklichkeit gehalten hatte.

Sie lehnte sich zurück und blickte nach oben. Sonne und Mond prangten nebeneinander an einem violetten Himmel. Zum ersten Mal begriff sie, dass die beiden Gestirne lebendig waren. Es waren alte Wesen, die in unendlicher Geduld auf sie hinabblickten. Sie lächelte ihnen entgegen, um sie günstig zu stimmen.

Plötzlich beschleunigte sich ihre Fahrt. Sie sah nach vorn und erkannte mit Entsetzen, dass sie von einem gigantischen Strudel angezogen wurde. Schon befand sie sich darin, raste in weiten Kreisen auf einen schwarzen Abgrund in der Mitte zu. Die Kreise wurden kleiner, immer schneller und schwindelerregender wurde die Reise, gegen die sie sich nun zu stemmen versuchte. Aber es gab kein Zurück, keine Möglichkeit einer Umkehr. Der Sog riss an ihr, der Abgrund gähnte ihr entgegen – und schließlich fiel sie. Fiel tiefer, weiter und länger, als ihr Geist ermessen konnte.

Auf einer taunassen Wiese kam sie zu sich. Sie vermochte nicht einzuschätzen, wie lange sie ohne Bewusstsein gewesen war, noch was sie geweckt hatte. Sie erhob sich und blickte an sich hinab. Ein nackter Körper, der im Schein des milchigen Neumonds stand.

Der Sturz hatte ihr offenbar keinen Schaden zugefügt. Sie konnte sich auch nicht an einen Aufprall erinnern. Wo war sie? Alte, knorrige Bäume umgaben die kreisrunde Lichtung, auf der sie stand. Drei Pfade gingen von ihr aus in den dichten Wald. Instinktiv wusste sie, dass sie sich für einen Weg entscheiden musste. Aber woher sollte sie wissen, welcher der richtige war?

Hier entlang, sagte eine Stimme, die ihr vage vertraut vorkam.

Nun erkannte sie ein gelb funkelndes Augenpaar, das auf dem Pfad zu ihrer Linken aus der Dunkelheit herausstach. Sie unterdrückte ein Schaudern, aber da sie keinen anderen Wegweiser hatte, folgte sie dem Rat und ging den gelben Augen entgegen. Die Augen gehörten zu einem Tier, einem Schakal. Einen Moment lang meldete sich ihr kritischer Verstand, der wusste, dass ein Schakal nicht in diesen ursprünglichen Mischwald passte. Aber er schien ihr freundlich gesonnen, und sie folgte ihm. Lange ging sie auf dem verschlungenen Pfad, bis der Wald lichter wurde und die Bäume schließlich den Blick auf eine weite Ebene und einen fernen Berg freigaben.

Der Schakal setzte sich auf die Hinterläufe und sah mit seinen gelben Augen zu ihr auf. »Weiter kann ich dich nicht begleiten«, sagte er schnarrend.

Elisabeth nickte.

»In dem Land, das vor dir liegt, gibt es nur ein einziges Lebewesen«, erklärte der Schakal. »Du musst es finden und töten, um dich zu befreien.«

Elisabeths Blick schweifte über die weite Ebene vor ihr und blieb am Fuß des Berges haften. Dorthin musste sie, sie wusste es intuitiv. Sie ging los, ohne sich noch einmal zu dem Schakal umzuwenden.

Ihre Beine trugen sie unermüdlich durch eine wilde Heidelandschaft. Abgesehen von ihren Schritten war es vollkommen still. Keine Insekten brummten, keine Vögel zwitscherten. Doch die Stille hatte nichts Bedrohliches an sich, sie war friedlich und angenehm. Sie verschaffte ihr die Ruhe, nachzudenken, sich zu sortieren. Während sie ging, hatte sie das Gefühl zu reifen.

Als sie sich dem einsamen Berg näherte, machte sie eine Höhle an seinem Fuß aus. Das war ihr Ziel, dort würde sie Hekate begegnen. Elisabeth stieg hinauf. Vor dem Eingang der Höhle hielten zwei steinerne Löwinnen Wache. Elisabeth nahm ihren Mut zusammen, duckte sich unter dem herabhängenden Efeu hindurch und trat durch die Öffnung.

Ein Feuer warf Schatten an die Wände einer Felsgrotte. In der Mitte des ovalen Raums bildete ein gewaltiger Tropfstein eine Säule, an dem Feuer saß eine Frau. Langes rotes Lockenhaar fiel ihr auf die Schultern, ihr Gesicht war von perfekter Anmut, und auf ihrem Schoß lag ein Dolch.

»Du bist also gekommen«, sagte die Frau, die nur Hekate sein konnte.

Ohne dass die Herrin der Höhle sie dazu eingeladen hätte, trat Elisabeth näher und begab sich ihr gegenüber in die Hocke.

»Du bist entweder sehr mutig, oder sehr töricht«, stellte Hekate mit einem gefährlichen Funkeln in den grünen Augen fest.

Elisabeth räusperte sich, ehe sie erwiderte: »Derjenige, der mir den Weg hierher gewiesen hat, sagte, ich solle dich töten. Aber ich habe nachgedacht, und ich bin es leid, von Männern herumkommandiert zu werden. Ich will nicht mit dir kämpfen. Ich schlage vor, wir unterhalten uns und finden vielleicht eine andere Lösung.«

»Kind«, sagte Hekate herablassend, »was könntest du mir anbieten? Ich werde immer mehr Besitz von dir ergreifen, bis nichts mehr von dir übrig ist. Das ist dein Schicksal.«

»Nein, das kannst du vergessen«, widersprach Elisabeth wütend. »Noch kann ich mich gegen deinen Einfluss wehren. Ich sage es jetzt mal ganz deutlich: Wenn wir hier keine Einigung erzielen, vernichte ich uns beide.« Um ihre Aussage zu bekräftigen, schlug sie mit der Faust gegen die Tropfsteinsäule. Sie war selbst überrascht von der Wirkung. Die gesamte Höhle bebte, und Staub rieselte von der Decke. Als die Erschütterung abebbte, holte Elisabeth zu einem zweiten Schlag aus.

Hekate fauchte: »Lass das sein!« Ihre grünen Augen sprühten vor Hass, aber auch vor Besorgnis.

Elisabeth war entschlossen. Wenn Hekate nicht von ihrem Standpunkt abrückte, würde sie Selbstmord begehen. Es war besser zu sterben, als dieser Furie zu erlauben, ihren Körper zu übernehmen und mit ihrem Geist vielleicht sogar noch Schlimmeres anzustellen.

Hekate spürte wohl ihre Entschlossenheit, denn sie biss die Zähne zusammen und sagte: »Es gibt einen Weg, einen Pakt, den wir schließen können.«

Elisabeth entspannte die zur Faust geballte Hand und lächelte erleichtert. »Wie lautet dein Vorschlag?«

8. Kapitel

Widerstrebend war Fafnir aufgestanden und hatte sich seinen üblichen schwarzen Anzug angezogen, den er in fünffacher Ausführung besaß – jetzt nur noch in vierfacher, nachdem ihm der letzte aufgrund der Notverwandlung im Flugzeug zerrissen war. Eine Erkenntnis war ihm tatsächlich im Schlaf gekommen. Wenn Gnome sich in Gefahr wähnen, suchen sie einen Berg auf, um sich zu verkriechen. Und die nächsten Berge befanden sich im Norden der Insel. Mussog hätte die Philippinen verlassen und in einem x-beliebigen Land untertauchen können, aber Fafnirs Spürnase sagte ihm, dass er seiner Natur gefolgt war. Also stand eine Reise in den Norden an, zunächst aber würde er Elisabeth abholen. Das Ritual sollte nun abgeschlossen sein.

Als er im Taxi saß, wollte er eigentlich nicht über einen Fehlschlag des Rituals nachdenken, aber es blieb ihm keine andere Wahl, als diese Möglichkeit in Betracht zu ziehen. Sollte Sniffs Magie versagt und Hekate die Kontrolle über Elisabeth erlangt haben, musste er für einen Kampf gewappnet sein. Diese Vorstellung bereitete ihm Unbehagen. Nicht weil er einen Kampf scheute oder weil er dann den nächsten Anzug zerfetzen würde – er mochte Elisabeth, und er wollte sie nicht töten. Aber wenn es sein musste, würde er tun, was nötig war.

Mit einem flauen Gefühl im Magen bezahlte er den Fahrer und stieg aus. Die Straße am nördlichsten Zipfel des Stadtbezirks Sampaloc war heruntergekommen. Leerstehenden Häusern fehlten Fensterscheiben, und der Himmel war von den vielen kreuz und quer gespannten Stromleitungen wie vergittert. Sniffs Pick-up versperrte zu zwei Dritteln den Gehweg vor dem fünfstöckigen Haus, was niemanden kümmerte, da die wenigen Passanten sich ohnehin mitten auf der spärlich befahrenen Straße bewegten.

Sniffs Haus war von Abgasen dunkelgrau verfärbt. Über dem Eingang hingen halb heruntergerissene Schilder von Läden, die sich nicht gehalten hatten. Fafnir drückte sämtliche intakten Klingeln, und kurz darauf surrte das Türschloss. Er trat ein, und als er die Treppe zum ersten Stock hinaufstieg, pochte sein altes Herz heftig gegen seine Brust. Die Aufregung erwies sich als vollkommen überflüssig. Sniff winkte ihn gutgelaunt in die Wohnung. Elisabeth saß in der schäbigen Küche, in der Hand eine Tasse Kaffee.

»Hey Fafnir«, begrüßte sie ihn leichthin.

Sniff setzte sich grinsend an den schmalen Tisch und lud Fafnir mit einer Geste ein, ebenfalls Platz zu nehmen. Fafnir zögerte einen Augenblick, aber dann ließ er sich auf dem freien Holzstuhl nieder. »Euren selbstzufriedenen Mienen nach zu urteilen, wart ihr also erfolgreich?«, fragte er, als ob es ihm nicht besonders wichtig wäre.

»Alles in Butter«, antwortete Elisabeth unbekümmert. Eine Lavalampe auf dem Fensterbrett tauchte ihr Gesicht in orangefarbenes Licht.

»Hekate wird uns keine Probleme mehr bereiten?«

»Nope.« Elisabeth trank einen Schluck aus der Tasse.

Fafnir war erleichtert, aber diese selbstgefällige Einsilbigkeit ärgerte ihn. Offenbar handelte es sich um eine Retourkutsche dafür, dass er sie mit Sniff alleingelassen hatte. Sie wollte ihm wohl klarmachen, dass sie ihn nicht brauchte. Fafnir seufzte, dachte kurz nach und kam zu dem Schluss, ihr Verhalten – unter Berücksichtigung ihres Alters – als angemessen zu akzeptieren.

»Wie wäre es mit einem Dankeschön?«, meldete sich Sniff zu Wort.

Mit seinen dreihundert Jahren war der Priester an Fafnir gemessen zwar noch ein Jungspund, aber das ging entschieden zu weit. Fafnir warf ihm einen vernichtenden Blick zu, der das Grinsen auf Sniffs Gesicht schlagartig verblassen ließ. »Wir befanden uns in einer Notlage«, knurrte Fafnir, »deshalb habe ich entschieden, dich über alle Maßen zu entlohnen. Bist du unzufrieden mit unserem Geschäft, oder weshalb glaubst du, ich schulde dir Dank?«

»Schon gut, schon gut«, beeilte sich Sniff zu erwidern. »Ich bin voll und ganz einverstanden mit unserer Abmachung. – Wollte nur zum Ausdruck bringen, dass die Sache kein Kinderspiel war«, schob er noch verteidigend nach.

»Wie geht's jetzt weiter?«, fragte Elisabeth in dem Versuch, ihre Stimme gelangweilt klingen zu lassen.

»Ich mache einen Ausflug in den Norden der Insel«, sagte Fafnir.

»Dann begleite ich dich«, sagte Elisabeth. Sie hielt die coole Fassade noch immer aufrecht, aber als Fafnir nickte, huschte Erleichterung über ihre Miene.

»Wir brauchen ein geländetaugliches Gefährt, und wir brauchen es rasch«, sagte Fafnir, als er sich erhob.

Sniff reagierte erst, als er einen zweiten funkelnden Blick von Fafnir erntete. Er seufzte resigniert und murmelte: »Ihr könnt meinen Pick-up haben. Aber nur ausgeliehen. Bringt ihn mir an einem Stück zurück.«

»Sehr freundlich«, erwiderte Fafnir.

Sniff begleitete seine Gäste zur Tür. Als sie an dem Zimmer vorbeikamen, in dem die Zeremonie stattgefunden hatte, musste Elisabeth ein Schaudern unterdrücken. Auch Fafnir spähte in die vom Flur abgehenden Räume. Er hielt nach dem Schwert Ausschau, aber es war nirgends zu sehen. Vermutlich hatte Sniff es bereits gut versteckt. Auf der Schwelle übergab der Hausherr Fafnir widerstrebend den Autoschlüssel.

»Pass auf dich auf«, sagte Fafnir.

»Ja, passt ihr auch auf euch auf«, brummte Sniff. »Und auf meinen Wagen, hört ihr?«

Sie gingen die Treppe hinunter, verließen das Gebäude und stiegen in den Pick-up. Fafnir drehte den Schlüssel im Zündschloss, gab Gas und ließ die Kupplung kommen. Es gab einen Ruck, als sie vom Bordstein runterholperten.

»Du bist wirklich frei von ihr?«, fragte Fafnir, während er den Wagen auf die Straße lenkte und beschleunigte.

»Sie wird keinen Besitz mehr von mir ergreifen, und trotzdem verfüge ich über einen Teil ihrer Kräfte«, sagte Elisabeth.

Das entsprach der Wahrheit. Sie hatte allerdings entschieden, Fafnir nicht die ganze Abmachung mit Hekate zu verraten. Jedenfalls vorerst nicht. Der Drache bemerkte, dass sie ihm etwas vorenthielt, aber er ließ es dabei bewenden. Es gab äußerst wichtige Dinge zu erledigen.

Er fuhr nicht direkt nach Norden, sondern machte einen Abstecher nach Santa Mesa. Elisabeth schluckte hart beim Anblick des Elends, das sich ihnen am Straßenrand zeigte. Fafnir hielt mit laufendem Motor vor einer alten Kirche, die einsam auf einem gepflasterten Platz stand. Mit zusammengekniffenen Augen starrte er den Sakralbau an. Elisabeth fiel die kopflose Marienstatue unter dem Torbogen links neben der Eingangspforte auf. Sie fröstelte, und es lag nicht am kühlen Luftzug, der aus der leise knatternden Klimaanlage strömte. Der Ort war ihr unheimlich.

»Ist das das Tor in die Anderswelt?«, fragte sie.

»Es liegt unter der Kirche«, sagte Fafnir gedankenverloren.

»Wollen wir reingehen?«

»Nein«, sagte Fafnir nach kurzem Schweigen mit fester Stimme. »Wir müssen erst herausfinden, was sich darin abspielt.« Er legte den ersten Gang ein. »Mach's dir gemütlich, wir haben eine lange Fahrt vor uns.«

***

Beliar schnitt ein Stück seines blutigen Steaks ab und schob sich den Bissen in den Mund. Sein Gegenüber hatte die Haifischflossensuppe noch nicht angetastet. Die brünette Frau saß einfach nur da und beobachtete ihn aus schmalen, dunklen Augen. Ihr bisheriger Wortwechsel war eisig und ausschließlich geschäftlicher Natur gewesen. Beliar war wenig erfreut gewesen, dass die Frau, die sich Anura Freeman nannte, darauf bestanden hatte, ihr Treffen in Batangas City, hundert Kilometer südlich der Hauptstadt, stattfinden zu lassen. Sie hatte sich geweigert, nach Manila zu kommen, solange Fafnir noch am Leben war. Beliars Einwand am Telefon, der Zweck ihrer Zusammenarbeit bestünde doch gerade darin, den alten Drachen unschädlich zu machen, war auf taube Ohren gestoßen. Beliar schluckte den Frust über den Zeitverlust mit dem blutigen Fleisch hinunter.

Er hatte Zeit verloren, dafür jedoch eine kleine, schlagkräftige Streitmacht gewonnen, plus einen Kundschafter, der sich nach Anuras Versicherung bereits an die Fersen des Drachens geheftet hatte.

»Wollen Sie nicht essen?«, fragte Beliar. »Ihre Suppe wird kalt.«

»Wenn Sie scheitern«, raunte die Frau, ohne auf seinen Kommentar über die Suppe einzugehen, »wird er schreckliche Rache nehmen.«

Beliar zuckte unbeeindruckt mit den Achseln. »Ich werde nicht versagen. Außerdem ist er allein. Ohne den Rat in seinem Rücken ist er ein niemand.«

»Unterschätzen Sie ihn nicht«, zischte Anura. »Der Flammenbringer hat noch andere Freunde.«

»Er muss Ihnen einmal ganz schön zugesetzt haben«, bemerkte Beliar mit leisem Hohn.

»Er ist ein schrecklicher Feind«, sagte Anura. Sie wollte noch etwas hinzufügen, doch in dem Moment klingelte ihr Handy. Sie nahm den Anruf an, hörte schweigend zu und ließ das Handy zurück in ihre Handtasche gleiten. »Die Fomori haben sich auf den Weg gemacht. Sie treffen in vierzehn Stunden in Manila ein.«

»Gut«, quittierte Beliar. »Gemeinsam mit den Wölfen sind wir ihm haushoch überlegen. Wir bringen ihn zur Strecke, und der Meister wird zufrieden sein.«

Anura lächelte verschlagen, wobei sie Beliar einen Blick auf ihre wahre Gestalt erhaschen ließ. Sie war eine Lamassu. Ihr entfernt menschlicher Kopf ruhte auf dem massigen Körper eines geflügelten Stiers. »Wie überlegen Ihr Euch auch fühlen mögt, ich rate dazu, überraschend aus dem Hinterhalt anzugreifen.«

»Ich bin kein Amateur«, schnaubte Beliar ärgerlich.

»Sei Euer Unterfangen von Erfolg gekrönt«, sagte Anura, nahm den Suppenteller mit beiden Händen und schlürfte ihn mit einem einzigen langen Zug aus. Sie stand auf und ließ Beliar sitzen.

Drei Stunden später war er zurück in Manila. Das Gespräch mit der Lamassu hatte einen üblen Nachgeschmack an seinem Gaumen hinterlassen. Wahrscheinlich war sie über die gescheiterten ersten beiden Anschläge auf den Drachen im Bilde gewesen und über den Tod seines Partners. Sein Ruf als Meisterassassine war in Gefahr. Diese Erkenntnis machte ihn innerlich rasend, und er verspürte Appetit auf menschliches Leid. Jetzt, da der Rat keinen Einfluss mehr hatte und er den letzten Vertreter dieser überkommenen Institution bald vernichten würde, konnte er tun und lassen, wonach ihm der Sinn stand.

Er drosselte die Geschwindigkeit und fuhr langsam an den Frauen, Transen und Strichern vorbei, die ihre Körper feilboten. Sein Blick fiel auf eine Frau Mitte dreißig, an deren Seite ein junges Mädchen stand. Die Frau wirkte verbittert, aber das Mädchen, das eine Puppe im Arm hielt, hatte Leben in den Augen. Beliar bremste, ließ die getönte Scheibe herunter und winkte mit einem Hundertdollarschein.

»Keine Schläge«, sagte die Frau. »Anal kostet fünfzig extra.«

Beliar zog einen zweiten Schein aus seiner Brieftasche. Zögernd griff die Frau zu.

»Steigt ein.«

Glücklicherweise hatte der Cromm ihm ein Privatanwesen zur Verfügung gestellt. Dort würden sie ungestört sein, und er hätte danach kein Problem damit, die Leichen verschwinden zu lassen. Durch den Rückspiegel taxierte er das Mädchen, das seine Puppe fest umklammert hielt. Vorfreude war ja bekanntlich die schönste Freude. Allerdings musste er sich ranhalten, um die polnischen Werwölfe rechtzeitig am Flughafen in Empfang zu nehmen. Die beiden Nutten würden ihm angenehm die Zeit vertreiben, danach würde er die beiden Einheiten zu einer formieren und sich auf die Jagd begeben. Vielleicht würde er, wenn alles erledigt war, eines Nachts der Lamassu einen Besuch abstatten. Er grinste zufrieden und gab Gas.

***

Fafnir hatte die westliche Route gewählt, die sie einige Kilometer zuvor an Tarlac City vorbeigeführt hatte. Jetzt folgten sie der Landstraße in Richtung San Jose. Elisabeth, tief in den Sitz eingesunken, hatte die nackten Füße auf dem Handschuhfach abgestützt und war eingenickt. So konnten nur Teenager schlafen.

Fafnir kamen Zweifel, ob diese Reise überhaupt einen Sinn ergab. Er folgte lediglich seiner Intuition. Allerdings hatte sein Gespür ihn in vielen Jahrhunderten nur selten getrogen. Er schaltete einen Gang herunter, gab Vollgas und überholte einen bunt bemalten Reisebus. Fafnir bemerkte eine dunkle Wolkenbank, die von Osten her über den blauen Himmel trieb. Als sie Straße steil anstieg und die zuvor karge Vegetation von Regenwald abgelöst wurde, brachen die Wolken, und ein heftiger Platzregen ging nieder. Durch das Prasseln der großen Tropfen auf der Windschutzscheibe wachte Elisabeth auf. Sie hatte von ihrer letzten mündlichen Abiturprüfung geträumt und brauchte einen Moment, um sich in der Wirklichkeit zurechtzufinden. Sie rieb sich die Augen, setzte sich in den Schneidersitz und blickte staunend aus dem Beifahrerfenster.

»Ziemlich mieses Timing«, erklärte Fafnir. »Die Regenzeit setzt ein, und bald werden die Straßenverhältnisse schlechter.«

Elisabeth war nicht beunruhigt. Sie streckte sich und fragte: »Wir wär's mit ein wenig Musik?« Ohne eine Antwort abzuwarten, öffnete sie das Handschuhfach und entnahm ihm einen Stapel CDs. »Mist, Mist, Mist«, urteilte sie, bis sie eine CD, deren Cover Kerzen, Steine und Bambusstämme zeigte. »Ein Klassiker!«

»Was ist das?«, fragte Fafnir, nachdem sie, untermalt vom Prasseln des Regens, einigen Minuten atmosphärischen Klängen zu einer eigenwilligen Frauenstimme gelauscht hatten.

»Die Band heißt Morcheeba. Das ist ihr bekanntestes Album, Charango«, antwortete Elisabeth. »Gefällt's dir?«

»Hat was«, brummte Fafnir. Unter einem Klassiker hatte er sich zwar etwas anderes vorgestellt, aber er konnte damit leben. Er musste sich ohnehin immer mehr auf die Straße konzentrieren, die sich durch die starken Regenfälle zunehmend in eine braune Rutsche verwandelte. Elisabeth schien ihm und seinen Fahrkünsten zu vertrauen. Sie reckte das Kinn im Takt vor, während sie scharfen Kurven folgten und an schwindelerregenden Abhängen vorbeifuhren. Bald war der Regen so stark, dass die Scheibenwischer kaum mehr nachkamen, die Sicht freizuhalten.

Nachdem das Album durchgelaufen war, bestand Fafnir darauf, die nächste Musikauswahl zu treffen. Er schaltete das Radio ein und fand einen Oldie-Rocksender. Durch den starken Regen war der Empfang eher mittelmäßig, aber Fafnir nahm das Rauschen gern in Kauf, wenn er dafür Creedence Clearwater Revival lauschen konnte, anstelle dieses seichten Elektro-Krams. Es wurde gerade Bad Moon Rising gespielt, und Fafnir hoffte, dass es sich nicht um ein schlechtes Omen handelte. Nach CCR folgte Led Zeppelin und darauf Deep Purple. Der Regen wurde ein wenig schwächer. Elisabeth fröstelte, schaltete die Klimaanlage aus und kurbelte ihr Fenster ein Stück herunter.

»Boah, ist das schön hier!«, staunte sie mit Blick auf die bewaldeten Berge. Fafnir nickte lächelnd.

Zwei Stunden später hielten sie in einem kleinen Dorf, dessen eine Hälfte sich an einen Hang schmiegte, während die andere auf einem Plateau lag. Da hier oft Busse eine Pause einlegten, war die Bevölkerung auf Straßenverkauf eingerichtet, wodurch sie sich ein Zusatzeinkommen sichern konnte. Trotz des Regens strömten Frauen mit Körben unter Vordächern hervor, noch ehe der Pick-up ganz zum Stehen gekommen war.

»Hast du Appetit?«, fragte Fafnir grinsend.

»Ich sterbe vor Hunger«, sagte Elisabeth.

Da die Frauen mit ihren löchrigen Körben und selbstgebastelten Bauchläden eindeutig dicht an der Armutsgrenze oder sogar darunter lebten, war Fafnir bereit, überteuerte Preise für Coca Cola-Dosen, Chipstüten, einzelne Zigaretten und Balut zu bezahlen. Er stieg nicht aus, öffnete aber die Tür und achtete darauf, jeder der Frauen etwas abzukaufen. Mitten in dem trubeligen Geschäft fragte er eine Alte mit Kopftuch, ob ihr in den letzten Tagen ein kleinwüchsiger Joe aufgefallen wäre. Sie dachte nach, schüttelte dann aber den Kopf und entschuldigte sich.

»Kein Problem«, sagte Fafnir freundlich. »Ich nehme noch eine Tüte Reis.«

Kurz nachdem sie weitergefahren waren, hielt Fafnir unmittelbar hinter einer Kurve an einer schmalen Straßenbucht. Er schaltete das Radio aus und kurbelte sein Fenster herunter.

»Was tust du?«, fragte Elisabeth neugierig.

»Ich lausche«, sagte Fafnir, »lass mir zehn Minuten Ruhe.« Er schaltete auf Drachengehör um und legte die Ohren an. Sofort verstärkten sich sämtliche akustischen Signale. Durch lange Übung gelang es ihm, alle Störgeräusche – den Regen, das Jaulen eines Hundes, Elisabeths Atem – auszusieben und sich auf die Stimmen der Frauen im Dorf zu konzentrieren. Er machte diejenige der Alten aus, die er nach dem Zwerg gefragt hatte. Wie erhofft, erkundigte sie sich bei ihren Freundinnen, ob diese eine kleinwüchsige Langnase gesehen hätten. Tatsächlich sagte eine Frauenstimme: »Neulich nachts, als Danilo mal wieder betrunken nach Hause kam, bin ich aufgewacht und habe einen Motorradfahrer gesehen, der durchs Dorf gerast ist. Dachte zuerst, ist ein Junge, könnte aber auch ein sehr kleiner Mann gewesen sein. Hatte es sehr eilig. Mitten in der Nacht so zu rasen. Ts, ts.«

Fafnir hatte genug gehört. Er ließ den Motor wieder an, löste die Handbremse und legte den ersten Gang ein. Als der Wagen Fahrt aufnahm, wandte er sich an Elisabeth: »Wir sind auf dem richtigen Weg.«

»Scheiße, das sind ja gar keine hartgekochten Eier!«, rief Elisabeth mit vollem Mund entsetzt aus. Sie hatte eines der erstandenen Eier von seiner Schale befreit und hineingebissen.

»Das ist Balut«, erklärte Fafnir grinsend. »Ein angebrütetes Hühnerei. Streu etwas Salz darauf, dann schmeckt es besser.«

Elisabeth betrachtete angewidert das Embryo, von dem sie abgebissen hatte. Mit verzerrter Miene kaute sie und schluckte. Sie nahm ein Tütchen mit Salz und ließ einige der Kristallkörner auf den Kopf des Hühnerfötus in ihrer Hand rieseln, dann nahm sie einen weiteren vorsichtigen Biss. Sie überwand ihren Ekel und aß das ganze Balut. Fafnir konnte nicht anders, als stolz auf seine Begleiterin zu sein. Die Fähigkeit, sich an regionale Sitten anzupassen, war für ihn eine wichtige Tugend. Lächelnd klopfte er ein weiteres Balut am Lenkrad auf, schälte es und steckte es sich ganz in den Mund.

***

Abgesehen von einer Pinkelpause fuhren sie bis zum Abend durch. Fafnir steuerte sie sicher immer höher die Berge hinauf, auch wenn manche Regenschauer so stark waren, dass er langsam machen musste. In der Dämmerung erreichten sie Banaue, ein kleines Städtchen, das sich über ein Hochtal erstreckte. Elisabeth war froh, dass die untergehende Sonne, obgleich sie hinter Wolken verborgen war, noch ein wenig Licht spendete. Der Ausblick war geradezu malerisch. Hinter dem Dorf, das von einer Schlucht zweigeteilt war, lagen Reisterrassen, und dahinter ragten grün bewachsene Berge in den trüben Abendhimmel. Fafnir steuerte den Wagen durch enge Straßen und hielt schließlich auf einem nicht asphaltierten Parkplatz.

»Ich denke, ab hier müssen wir zu Fuß weiter«, sagte er. »Aber zuerst suchen wir uns eine Unterkunft für die Nacht.«

Über eine wacklige Hängebrücke gelangten sie in die andere Dorfhälfte, wo sie nach kurzem Suchen ein Hostel fanden. Pitschnass und bis zu den Knöcheln schlammverschmiert betraten sie das direkt am Abhang gelegene Gebäude, dessen Tür unverschlossen war. Ein dicklicher Mann sah von einem Teller voll getrockneter Fische zu ihnen auf. Er lächelte sie höflich an, dann rief er in harschem Ton: »Maria, Gäste!«

Fafnir und Elisabeth rührten sich nicht von der Stelle, bis Maria hastig erschien. Sie war eine mollige Frau mit einem freundlichen Gesicht. Sie streckte den beiden Wartenden ihre von harter Arbeit schwieligen Hände entgegen. Sie tauschten kurz Höflichkeiten aus, und Fafnir stellte sich und Elisabeth mit falschen Namen vor, ehe Maria die späten Gäste aufforderte, ihr nach oben zu den Zimmern zu folgen. Da Off-Season war, erhielten Elisabeth und Fafnir zwei Einzelzimmer auf der schöneren, der Schlucht zugewandten Seite zu einem äußerst fairen Preis. Auf der Etage gab es zwei Badezimmer, eines für Frauen, eines für Männer, sodass sie gleichzeitig duschen und sich frischmachen konnten.

Elisabeth konnte es sich selbst nicht recht erklären, aber sie war bester Laune. Vielleicht weil sie nicht mehr besessen war, zumindest nicht aktiv; vielleicht auch, weil sie unbewusst nach einem Abenteuer gesucht hatte und nun mitten in einem völlig abgedrehten drinsteckte. Fafnir verhielt sich ihr gegenüber wieder normal, und sie spürte, dass er sie gern hatte. Sie rubbelte sich die Haare trocken, schlüpfte in ihre Kleider und ging nach unten in den Speiseraum, wo Fafnir, eine Zigarette rauchend, bereits an einem Tisch saß.

Der Hausherr hockte noch immer an seinem Platz und las Zeitung. Er brummte ärgerlich über eine Meldung vor sich hin, während Elisabeth den von Deckenleuchten erhellten Raum durchritt und sich Fafnir gegenüber niederließ. Der Tisch stand unter einem Fenster, durch das man in die regnerische Nacht hinausschauen konnte. Nach kurzem Schweigen erschien Maria und bot ihnen drei Gerichte zur Auswahl an. Elisabeth folgte Fafnirs Entscheidung und bestellte Sinigang. Als die Fischsuppe aufgetragen wurde und Fafnir Elisabeth vormachte, wie man sie mit Chilischoten verfeinerte, sprach der Hausherr sie über einen freien Tisch hinweg an: »Wollt ihr Reisterassen oder Hanging Coffins ansehen?«

»Beides«, log Fafnir glatt.

»Ich habe einen Cousin, guter Guide«, sagte der dicke Mann, legte die Zeitung beiseite, stand auf und kam zu ihnen. Unaufgefordert setzte er sich und zwang Fafnir ein Gespräch auf. Der Hausherr schien immun gegen Winke mit dem Zaunpfahl. Obwohl Fafnir nur einsilbig antwortete, plauderte der Mann eifrig drauflos. Er verfluchte die Regenzeit, aufgrund welcher in den nächsten Wochen die Touristen ausbleiben würden. Er spottete über China, das seine Fühler in Richtung Philippinen ausstreckte, und lobte die rigide Antidrogen-Politik der eigenen Regierung; vor allem war er ein begeisterter Anhänger des neuen Präsidenten, auf den er sein Glas hob. War sein Glas leer, füllte es Maria mit der Unscheinbarkeit eines Heinzelmännchens wieder auf.

Die Nichtbeachtung, mit der er seine Frau behandelte, die allem Anschein nach das Hotel allein am Laufen hielt, ging Elisabeth mindestens so sehr gegen den Strich wie seine proletenhaften Reden. Ganz gleich, wie ignorant die Aussagen waren, Fafnir verzog keine Miene. An halbwegs vertretbaren Stellen nickte er sogar. Klar, er wollte kein Aufsehen erregen. Elisabeth musste an die Nacht mit Chloé und Pascal und ihr Gespräch über Grenzen der Akzeptanz fremder Sitten und Einstellungen denken. Wo die beiden wohl steckten? Wahrscheinlich im Süden von Thailand. Elisabeth stellte sich vor, dass es dort auch regnete und wie das Paar sich in einer kuscheligen Bambushütte körperlich näherkam …

In diesem Moment sprach der Hausherr – sein Name war Jacob – sie direkt an: »Wo kommst du her?«

»Deutschland«, antwortete Elisabeth kurz angebunden.

»Starkes Land«, sagte der Hausherr voll inbrünstigem Respekt. Und dann fügte er etwas hinzu, das Elisabeth endgültig aus der Fassung brachte. Er hob sein Glas und sagte: »Heil Hitler!«

»Wie bitte?«, fragte sie schockiert.

»Heil Hitler«, wiederholte Jacob, nur etwas weniger begeistert. Selbst ihm dämmerte, dass etwas nicht stimmte.

»Adolf Hitler ist schon eine Weile tot«, warf Fafnir hilfreich ein.

»Mh-hm«, machte Jacob verständnisvoll. »Ein Jammer, guter Mann.«

»Nein, überhaupt nicht!«, brach es aus Elisabeth heraus.

»Er hat vielleicht den Krieg verloren«, belehrte sie Jacob geduldig, »aber dafür hat er die ganzen Juden vergast.«

Elisabeth war sprachlos.

Fafnir täuschte ein Gähnen vor und sagte: »Wir haben eine lange Fahrt hinter uns. Zeit, ins Bett zu gehen.« Er legte Elisabeth die Hand in den Nacken und zog sie auf die Beine. Mit offenem Mund starrte sie den Mann an, der Hitler den Holocaust zugute hielt. Fafnir schob sie weg. »Lass es gut sein«, raunte er ihr zu, »Arschlöcher gibt es überall auf der Welt.«

Maria rief ihnen »Gute Nacht« hinterher, als sie die Treppen hochstiegen. Elisabeth schüttelte verständnislos den Kopf. Wie konnte die freundliche Frau nur diesen miesen Drecksack ertragen? Sie hoffte, dass sie eines Tages seine verfluchten Fische vergiften würde.

Väterlich setzte sich Fafnir zu Elisabeth ans Bett, deren Körper vor Wut zitterte. Sie drehte sich auf die Seite, und Fafnir legte ihr die Hand auf den Oberarm. Seine Berührung wirkte beruhigend. Der Zorn ebbte ab, und Elisabeth spürte, wie müde sie war.

Nachdem sie eingeschlafen war, blieb Fafnir noch lange sitzen. Er betrachtete die schlafende junge Frau. Sie war süß. Sie hatte gegen Dämonen gekämpft, knapp einen Flugzeugabsturz überlebt und ertragen, dass eine fremde Seele versucht hatte, ihre eigene zu verdrängen. Aber dass jemand Hitler für einen guten Mann hielt, machte sie fertig.

Fafnir musste lächeln. In früheren Zeiten hätte er sie sein Mündel genannt, aber heutzutage passte der Ausdruck nicht. Plötzlich gewahrte er eine Präsenz. Er sah mit seinen Drachenaugen aus dem Fenster und bemerkte einen Affenadler, der auf einem Felsvorsprung hockte. Fafnir hatte den Eindruck, dass der Greifvogel sie beobachtete. Er nahm die Hand von Elisabeths Arm, stand auf und zog die blumenbestickte Gardine zu. Dann zog er sich in sein eigenes Zimmer zurück und legte sich auf die weiche Matratze des Betts. Schlafen würde er nicht, nur ein wenig dösen. Dieser Adler … Gut möglich, dass es sich um einen Gestaltwandler handelte. Falls dies der Fall war, konnte er ein Freund von Mussog sein, vielleicht aber auch ein Kundschafter anderer Mächte. Es war nur zu hoffen, dass der Cromm sie für tot hielt. Fafnir gähnte und schloss die Augen.

***

Fafnir weckte Elisabeth kurz nach der Dämmerung. Schlaftrunken folgte sie ihm die Treppe nach unten. Maria war schon wach. Sie wünschte den Gästen einen guten Morgen und richtete rasch ein herzhaftes Frühstück aus Eiern, Toast und Speck. Der Hausherr schlief noch seinen Rausch aus, Fafnir hörte sein röchelndes Schnarchen. Nachdem er eine Zigarette geraucht und beide ihren starken Kaffee ausgetrunken hatten, bezahlten sie die Rechnung und dankten Maria für ihre Gastfreundschaft.

Es war ein ausgesprochen kühler und nebliger Morgen, wie Elisabeth niemals einen auf den Philippinen erwartet hätte. Nach zehn Minuten an der frischen Luft bibberte sie am ganzen Leib. Zum Glück war das kleine Bergstädtchen auf von der Kälte überraschte Touristen eingestellt. Drei Läden direkt nebeneinander boten warme Klamotten feil.

»Such dir was Schönes aus«, sagte Fafnir großzügig.

»Echt jetzt, du gehst mit mir shoppen?«, fragte Elisabeth begeistert.

»Ähm«, setzte Fafnir an. So hatte er es eigentlich nicht gemeint, aber das fröhliche Glitzern in ihren Augen erstickte seine Einwände. Schon hatte sie sich bei ihm eingehakt, und sie betraten den ersten Laden, der gerade öffnete.

Erst eine ganze Stunde später verließen sie das letzte der Geschäfte. Elisabeth war komplett neu eingekleidet. Sie trug eine rote Wollmütze, einen breiten Schal, einen gestreiften Pullover, eine gebatikte Pumphose, und sogar ein Paar Wanderschuhe hatten sie in passender Größe gefunden. Sie hatte ihre ganze Überzeugungskraft aufgeboten, um Fafnir zu überreden, zumindest ein Kleidungsstück für sich zu kaufen. Das Ergebnis war eine braune Mütze mit Ohrenklappen, die ziemlich schlecht zu seinem Anzug passte. Aber sie waren schließlich als Touristen unterwegs, und die lächerliche Mütze rundete ihre Tarnung ab. Jedenfalls versuchte Fafnir sich das einzureden. Elisabeth hatte so gute Laune, dass er das Ding aufbehielt.

Seite an Seite schlenderten sie Richtung Nordosten. Fafnir folgte noch immer seiner Intuition. Einen richtigen Ortsausgang schien es nicht zu geben, doch die Häuser wurden immer spärlicher, und bald war die Straße nicht mehr geteert. Ein mit Säcken beladenes motorisiertes Dreirad kam ihnen entgegen. Als das ratternde Motorengeräusch verklang, war helles Lachen und Schnattern von Mädchen zu hören. Ein ganzer Haufen junger Mädchen in Schuluniformen kamen in Sicht. Sie gingen in Zweier- und Dreiergruppen auf dem schlammigen Waldpfad.

»Schöner Schulweg«, kommentierte Elisabeth.

Sie grüßten die Mädchen, was ihnen schüchterne Blicke und aufgeregtes Tuscheln einbrachte, sobald sie vorüber waren. Das letzte Mädchen ging allein. Vorsichtig hob sie die Beine, um die kniehohen weißen Socken nicht zu beschmutzen. Als sie Elisabeth und Fafnir bemerkte, senkte sie den Blick.

»Entschuldigung«, sprach Fafnir sie, einer plötzlichen Eingebung folgend, an.

»Ja?«, sagte das Mädchen, blieb stehen und sah die beiden Fremden verschämt an.

Irgendwie erwartete Elisabeth, dass Fafnir sie fragte, warum sie als einzige allein zur Schule ging, aber er enttäuschte sie. »Sag mal«, setzte er an, »gibt es hier in der Nähe vielleicht eine Höhle?«

Das schwarzhaarige Mädchen zog nachdenklich die Stirn in Falten. »Nein, nicht in der Nähe«, sagte sie, wobei sie sich bemühte, so akzentfrei wie möglich Englisch zu sprechen. »Aber, wenn man lange da langgeht« – sie deutete mit dem Zeigefinger in den Wald hinter sich – »gibt es eine Fledermaushöhle.« Sie verzog kurz grübelnd die Miene. »Seid ihr Forscher, oder so was?«

»Nein«, erwiderte Elisabeth freundlich. Sie wollte noch etwas hinzufügen, mit der Kleinen ins Gespräch kommen, aber als sie noch nach Worten rang, sagte das Mädchen: »Sigi lang, ich muss jetzt weiter, sonst komme ich zu spät.«

»Danke für deine Hilfe«, brummte Fafnir.

»Schönen Tag«, wünschte Elisabeth, doch das Mädchen war bereits weitergegangen. »Tut mir irgendwie leid«, wandte sie sich an Fafnir.

»Hm?«, machte Fafnir desinteressiert. »Schauen wir uns diese Höhle an.«

»Aber sie meinte doch, dass ein weiter Weg ist«, wandte Elisabeth ein.

»Sie ist ein Kind«, stellte Fafnir fest, als ob damit alles geklärt wäre, und ging weiter. Elisabeth folgte ihm. Sie nahmen die nächste Abzweigung in die gewiesene Richtung. Der schmale Pfad führte sie in den Wald hinein. Schlingpflanzen überzogen den Trampelpfad, und es ging immer steiler hinauf. Das Mädchen mochte ein Kind sein, aber nach zwei Stunden Gewaltmarsch stimmte Elisabeth ihm innerlich zu: Das war ein weiter Weg. Andererseits hätten sie sich, von Wasser und Proviant abgesehen, nicht besser vorbereiten können. Den Pfad konnte man höchstens mit einem Motorrad befahren, und das hatte sie nie gelernt. Zu zweit auf einem Motorrad wäre es auch eine ziemlich halsbrecherische Angelegenheit gewesen, dachte sie, während sie über spitze Steine und aus dem Boden ragende Wurzeln stieg.

Fafnir musste sich zurückhalten, um nicht vorauszueilen. Er glaubte zu spüren, dass sie ihrem Ziel näherkamen, und wollte einen sichtbaren Beweis dafür, dass er mit seiner Intuition richtig lag.

Nur einmal blieb er stehen, weil er durch ein Loch im Blätterdach einen Vogel kreisen sah. Er hätte schwören können, dass es sich um denselben Affenadler handelte, den er bereits vorige Nacht durch das Fenster des Hostels bemerkt hatte. Spielte keine Rolle, sagte er sich. Er musste Mussog finden, um ihn auszuquetschen und endlich in Erfahrung zu bringen, was hier eigentlich gespielt wurde.

Am frühen Nachmittag lichtete sich der Wald hinter einer Biegung. Ein Hügel aus schroffem Fels ragte vor ihnen auf. Fafnir zog die Mütze ab und wischte sich den Schweiß von der Stirn.

»Da«, sagte er und deutete auf eine Spalte im Stein.

Elisabeth blickte sich um. Wald, Berge, Täler. Aus der Ferne war das Tosen eines Wasserfalls zu hören. Sie gingen auf den Höhleneingang zu, als Elisabeth etwas bemerkte.

»Schau mal da«, machte sie Fafnir auf ihre Entdeckung aufmerksam. »Sieht nach Spuren von einem Motorrad aus.«

»Gut beobachtet«, lobte Fafnir, der die Spuren unter dem Felsüberhang schon längst entdeckt hatte. »Sicher hat er das Gefährt in einem Busch oder so versteckt. Das bedeutet, er ist hier.«

Elisabeth war sich nicht so sicher, ob das eine gute Nachricht war. Aber sie folgte Fafnir, der bereits mit dem Abstieg begann. Es war eine mühsame Kletterpartie hinunter in eine gähnende Finsternis. Zweimal rutschte Elisabeth ab und wäre gestürzt, hätte Fafnir sie nicht gehalten. Sie war zwar stärker, als sie es aufgrund ihrer Statur hätte sein dürfen, aber ihre Augen durchdrangen die Finsternis nicht ganz so gut wie die Fafnirs, und die Steine, an denen sie sich festhielten, waren glitschig. Zum Glück verstand Elisabeth erst, als sie unten ankamen, was die Felsen und nun auch ihre Hände und Schuhe bedeckte. Fafnir zündete eine Zigarette an und sie sah mit Schrecken, dass die ganzen Wände und die Höhlendecke voll von Fledermäusen waren. Sie waren also die ganze Zeit durch Fledermauskot gekraxelt.

»Igitt, ist das ekelig!«, beschwerte sie sich.

Fafnir behielt für sich, dass er schon in abstoßenderen Grotten gehaust hatte.

Der Gestank hielt sich erstaunlicherweise in Grenzen, als sie tiefer in die Höhle eindrangen. Gelegentliches Flattern über ihren Köpfen begleitete ihre Schritte. Die Höhle verengte sich, wurde zu einem Tunnel, der hinab in den Berg führte. Als sie durch einen seichten unterirdischen See wateten, fühlte sich Elisabeth vollends an *Der Hobbit* erinnert. Bestimmt fanden sie gleich einen Zauberring, der unsichtbar machte, und mussten danach Rätsel lösen, um nicht gefressen zu werden. Doch es kam anders. Flackernder Lichtschein malte Schattenbilder an die Wände. Fafnir hielt Elisabeth mit dem Arm zurück und ging voraus. Die Lichtquelle entpuppte sich als eine an einen Felsen gelehnte Fackel. Daneben hockte ein kleinwüchsiger Mann auf einer Isomatte, der Bohnen aus einer Dose löffelte. Als er die beiden Besucher bemerkte, gefror er mitten in der Bewegung und vergaß sogar zu kauen. Mit halbzerquetschten Bohnen im offenen Mund starrte er Fafnir ungläubig an.

»Hallo Mussog«, grüßte Fafnir mit einem bedrohlichen Unterton. »Du hast doch nicht etwa geglaubt, ich würde dich nicht finden?«

»Fafnir«, sagte der Mann, der bis zu den Hüften in einem Schlafsack steckte und einen Parka um die Schultern geschlungen hatte, ängstlich. Seine Aussprache war wegen der Bohnen undeutlich. Das bemerkte er nun selbst, schluckte und zog hastig ein verpacktes, kleines Ding aus dem Schlafsack. »Schokoriegel?« Er bot Fafnir ein Snickers an.

Fafnir ignorierte die ausgestreckte Hand und begab sich in die Hocke.

Elisabeth fragte sich, ob ihre Augen ihr einen Streich spielten. Kurz hatte sie den Eindruck, dass der Fackelschein den Schatten von Fafnirs wahrer Gestalt an die Höhlenwände warf. Riesige Flügel und ein Drachenmaul, das halb offen stand, sodass die spitzen Zähne darin zu sehen waren. Aber auch der Mann zuckte zusammen. »Ich nehme ihn gern«, sagte sie und schnappte sich das Snickers. Sie hatte verstanden, dass es sich wieder um dieses Gastrecht-Spiel handelte, und Mussog sollte wissen, dass ihm zumindest von ihr keine Gefahr drohte – außerdem hatte sie Lust auf Schokolade.

»Das ist meine Begleiterin, Elisabeth«, stellte Fafnir sie vor, ohne den Gnom aus seinem strengen Blick zu entlassen.

»Sehr erfreut«, japste Mussog.

»So«, knurrte Fafnir, »und jetzt erzählst du mir in Ruhe und der Reihe nach, was zwischen den Toren geschehen ist.«

»Sicher, sicher«, sagte Mussog, vor Aufregung lispelnd. Er berichtete weitgehend dasselbe, was er Fafnir bereits auf die Mailbox gesprochen hatte. Ein fürchterliches Etwas sei durch das Tor gekommen. Lakamba habe die Einreise verwehrt. Es habe gewartet, bis sich das Tor zur Menschenwelt öffnete und dann Lorkwin angegriffen und getötet. Er selbst habe das Durcheinander genutzt und sei gerade noch rechtzeitig hinausgeschlüpft, ehe Lakamba das Tor wieder verschlossen habe, um das Biest einzusperren. Damit habe er sich und die anderen geopfert. Die einzige neue Information, die Mussog lieferte, bestand darin, dass in der Nacht davor wichtige Persönlichkeiten – er wusste nicht, dass diese Personen den Hohen Rat bildeten – hinüber in die Anderswelt gewechselt hätten. Fafnir ließ sie sich beschreiben, um sicherzugehen, dass es sich tatsächlich um sämtliche Mitglieder des Rates handelte.

Er stieß einen tiefen Seufzer aus, ehe er fragte: »Wie sah dieses Wesen aus, dass den tapferen Lorkwin getötet hat?«

»Schwer zu beschreiben«, sagte Mussog, der sich ein wenig beruhigt hatte. »Es war groß, seine Schnauze ähnelte am ehesten der eines Krokodils. Sein Vorderkörper erinnerte an den einer Raubkatze, vielleicht pantherartig. Der Hinterleib war breit und massig, wie von einem Nilpferd.«

154

»Klingt irgendwie süß«, warf Elisabeth ein.

»Oh nein!«, sagte Mussog schaudernd. »An dem Unhold war rein gar nichts süß. Es war ein Monster, dessen Anblick allein einem den Schlaf raubt. Und es hat gemordet wie ein entfesselter Vorsintflutlicher.«

»Bist du dir sicher, dass es …«, setzte Fafnir an, brach jedoch mitten in der Frage ab. Er hatte ein Geräusch vernommen. Nun spitzte er die Ohren. Kein Zweifel, Rotoren eines Hubschraubers. Nein, korrigierte er sich, es waren zwei Hubschrauber, die sich näherten.

»Der große Vogel draußen«, wandte sich Fafnir an Mussog. »Ich nehme an, er ist ein Freund von dir?«

»Welcher Vogel?«, gab Mussog verwundert zurück.

Fafnir konnte kein Anzeichen einer Lüge in der Miene des Gnoms entdecken. »Scheiße«, fluchte er. »Wir müssen hier weg!«

Er hatte Mussog gerade dazu bewegt aufzustehen, als seine Drachenohren ihm unmissverständlich sagten, dass es zu spät war. Mehrere Personen seilten sich ab und drangen in die Höhle ein.

»Gibt es einen zweiten Ausgang?«, fragte Fafnir den Gnom drängend.

»Ja«, gestand er Gnom widerwillig, »aber es ist kein angenehmer Weg.«

»Dich erwartet auch nichts Angenehmes, wenn der Cromm dich in die Finger bekommt«, knurrte Fafnir.

»Der Cromm?«, keuchte Mussog ängstlich, um gequält hinzuzufügen: »Na schön, folgt mir.«

Elisabeth war erstaunt, wie schnell der kleine Mann laufen konnte, während er sie zu einem schmalen Tunnel führte. Die Decke war so niedrig, dass sie geduckt gehen mussten. Ohne eine weitere Anweisung von Fafnir beschleunigte sich ihr Tempo noch einmal automatisch, als hinter ihnen ein schreckliches, vielstimmiges Heulen zu hören war. Wer auch immer sie verfolgte, es handelte sich nicht um Menschen. Der Tunnel mündete in einer kleinen, fast kreisrunden Grotte. Am Boden befand sich ein Loch, woraus Glucksen von Wasser drang.

»Ein unterirdischer Fluss«, stellte Fafnir fest. Er verstand nun, weshalb Mussog wenig begeistert von seinem eigenen Fluchtweg war. Gnome hassten es zu schwimmen, von tauchen ganz zu schweigen.

»Wie lange müssen wir die Luft anhalten?«, fragte Elisabeth.

Mussog zuckte mit den Achseln.

Fafnir schnaubte. »Wir werden es herausfinden. Uns bleibt keine andere Wahl.«

Der Gnom starrte mit in Falten gezogener Stirn auf das Wasserloch. Offensichtlich wog er ab, was das kleinere Übel war. Der Tauchgang oder das wütende Heulen, das sich ihnen näherte. Fafnir nahm ihm die Entscheidung ab. Er packte ihn, hob ihn hoch und ließ ihn in das Loch fallen. »Jetzt du«, forderte er Elisabeth auf.

Sie kniete sich nieder, füllte ihre Lungen mit Luft und hüpfte dem Gnom hinterher. Kaum war sie untergetaucht, erfasste sie eine starke Strömung.

Schützend nahm sie die Hände vor die Brust – keine Sekunde zu früh. Zackige Felsen ragten in den unterirdischen Strom. Sie prallte gegen einen, ehe die Strömung sie wirbelnd weiter mit sich riss.

Fafnir hockte noch in der Grotte. Das Heulen war einem Knurren gewichen, das sich durch die Finsternis auf ihn zubewegte. Werwölfe. Aber da war noch etwas anderes. Ein Geruch nach Schwefel … Wütend fletschte Fafnir die Zähne, dann sprang er in das Loch. Im nächsten Augenblick spürte er die kühle Umarmung des Wassers, und auch er wurde von der starken Strömung erfasst.

Licht! Mit letzter Kraft stieß Elisabeth sich vom Boden ab und kämpfte sich nach oben, bis sie endlich prustend die Wasseroberfläche durchbrach. Einen Moment lang war sie orientierungslos, dann gelang es ihr, die Eindrücke zu ordnen. Sie trieb in einem rasch dahinfließenden Strom, der sich durch einen Wald schlängelte. Es hatte wieder zu regnen begonnen. Der Himmel war grau. Keine vier Meter trennten sie vom Ufer zu ihrer Linken. Sie machte bereits Schwimmzüge darauf zu, als sie Mussog ein Stück vor sich auftauchen sah. Der Gnom planschte panisch wie ein Ertrinkender mit den Händen. Kurz entschlossen änderte Elisabeth die Richtung, um ihm zu helfen. Sie näherte sich ihm, doch die Strömung wurde zunehmend stärker – und ein grollendes Rauschen verhieß nichts Gutes.

Der Wasserfall, auf den sie zutrieben, erwies sich jedoch als sekundäres Problem. Durch den Regen und das Rauschen hörte Elisabeth das Geräusch von Rotoren. Sie blickte über die Schulter und sah, wie ein Hubschrauber hinter dem Berg, in dem sich Mussog versteckt hatte, auftauchte. Es handelte sich nicht um einen normalen Helikopter, vielmehr näherte sich ihnen da ein schweres Fluggerät, ein Truppentransporter, wie man sie aus Militärfilmen kannte. Und wie in solchen Filmen war auch dieser Hubschrauber mit einem Geschütz ausgestattet, das ohne Vorwarnung das Feuer eröffnete. Eine Schneise von Kugeln raste auf sie zu. Fast hatte sie Mussog erreicht. Aber es würde nichts mehr nützen. Gleich würden sie beide mit Kugeln gespickt werden. Etwas zog heftig an ihrem Bein und sie tauchte unter. Noch während sie sank, musste sie mitansehen, wie sich das Wasser über ihr rot färbte.

Fafnir hatte sie gerettet. Er hielt sie an der Brust umfasst dicht über dem Grund. Über ihnen bohrten sich Kugeln ins Wasser, während vor ihnen wirbelnde Luftblasen zu erkennen waren. Der Wasserfall. Fafnir gab Elisabeth mit einem Blick zu verstehen, was sie zu tun hatte. Sie nickte knapp und klammerte sich fest an ihn.

Der Fomori, der den Black Hawk steuerte, gab vollen Schub. Die beiden Zielpersonen konnten ihm nicht entkommen. Er ließ den Kampfhubschrauber einen scharfen Bogen beschreiben, sodass er direkt vor dem Wasserfall schwebte. Die tosenden

Wassermassen und der Aufprall gute sieben Meter darunter dürften den beiden, die sich vor ihm versteckten, sämtliche Knochen brechen. Aber er würde auf Nummer sicher gehen. Sein Bordschütze hatte offensichtlich denselben Gedanken. Er richtete die Minigun auf den Wasserfall aus und feuerte. Die Zwillingskanone unter dem Cockpit stimmte in das Rattern ein. Wenn Körper in den Wassermassen zu erkennen waren, konnte er noch immer leicht nachkorrigieren, und die Kugeln würden sie zerfetzen.

»Wuhuu!«, rief der Pilot mordlustig. Doch der grimmige Jubel blieb ihm im Hals stecken, als sich ihm ein Anblick bot, der ihn aus der Fassung brachte. Natürlich wusste er, wen sie jagten, aber er war ein Fomori zwölfter Generation und hatte daher noch nie einen echten Drachen zu Gesicht bekommen. Und er hatte nicht damit gerechnet, dass Fafnir sich so schnell verwandeln konnte. Genau dort, wo die Wassermassen kippten, um nach unten zu fallen, brach der mächtige, geschuppte Leib hervor. Einen Sekundenbruchteil zögerte der Fomori, als ihm klar wurde, dass er eben vom Jäger zum Gejagten geworden war. Die Bestie schwang sich in die Luft und stürzte im nächsten Augenblick auf den Black Hawk herab. Lediglich eine kurze Salve fand ihr Ziel, dann schnellten die Klauen der Bestie vor und bohrten sich durch das Sicherheitsglas des Cockpits. Die Scheibe barst, und der Black Hawk geriet in Schräglage. Wie eine Puppe riss der Drache den Helikopter mit sich. Der Fomori suchte verzweifelt nach dem

Knopf für den Schleudersitz. Er fand ihn und wurde hinauskatapultiert. Im Flug musste er sehen, wie der Drache sein Baby kurz vor einer hohen Baumgruppe aus dem Griff entließ. Die Rotorblätter zersplitterten, als sie mit den Baumstämmen in Berührung kamen. Krachend ging der Helikopter nieder.

Zwei Kameraden war es ebenfalls gelungen, rechtzeitig abzuspringen. Sie rollten sich auf dem Waldboden ab und nahmen den Drachen mit Pistolen unter Beschuss. Der Drache riss sein Maul auf und spie Feuer auf einen herab, sodass er sich in eine lebendige Fackel verwandelte. Schreiend starb er einen grässlichen Tod. Der andere suchte Deckung, woraufhin der Drache einen Augenblick verharrte. Er schien zu überlegen, ob er sich auf die restlichen Überlebenden stürzen sollte. Doch dann schlug er mit den mächtigen Schwingen, gewann an Höhe und flog gen Süden davon.

Elisabeth klammerte sich an den breiten Stachel wie an den Knauf eines Pferdesattels. Sie zitterte vor Kälte und Aufregung. Erneut hatte man versucht, sie zu ermorden, und Mussog hatten diese grobschlächtigen Kerle erwischt. Sie hatte unzählige Fragen im Kopf, aber im Moment konnte sie keine davon loswerden. Fafnir flog immer höher hinauf, bis sie die Wolkendecke durchbrachen. Hier oben regnete es nicht, dafür war es kühl, und die Luft war so dünn, dass Elisabeth schläfrig wurde. Sie machte es sich so bequem wie möglich und hoffte, nicht versehentlich loszulassen, falls sie einnicken sollte.

Sie wusste nicht, wie lange sie geschlafen hatte. Als sie sich bibbernd umsah, erkannte sie die Skyline von Manila am Horizont.

9. Kapitel

Sie waren außerhalb der Stadt gelandet. Elisabeth war sich nicht sicher, ob wegen seiner Wunden oder weil Fafnir vermeiden wollte, am Himmel entdeckt zu werden. Die Verletzungen waren ihm auch nach der Verwandlung geblieben. Nackt, wie er war, presste er sich die rechte Hand an den Unterbauch. Blut rann zwischen seinen Fingern hervor, wurde von dem Regen verwässert und tropfte auf den schlammigen Boden.

Nur langsam näherten sich die Lichter der Stadtgrenze, und ehe sie sie erreichten, musste Elisabeth Fafnir auffangen, damit er nicht stürzte. Sie stützte ihn, und gemeinsam schleppten sie sich zu einer Landstraße. Weder in der einen noch in der anderen Richtung waren Scheinwerfer zu entdecken.

Elisabeth keuchte. Sie wusste nicht, wie lange sie so durchhalten würde. »Kannst du dich nicht heilen, oder so?«, fragte sie mit zusammengebissenen Zähnen.

»Das habe ich schon getan«, murmelte Fafnir leise. »Um die Wunden ganz zu schließen, brauche ich Schlaf.«

Elisabeth lagen viele Fragen auf der Zunge, aber sie hielt sich zurück. Fafnir wurde stetig schwächer, was sie daran merkte, dass das Gewicht, das sie trug, immer schwerer wurde. Der Regen nahm an Stärke zu, Blitze zuckten am dunklen Himmel und Donner rollte über sie hinweg. So ungemütlich das Gewitter war, ein Teil von Elisabeth hieß es willkommen, da sie hoffte, es würde sie vor ihren Verfolgern verbergen. Sie wollte sich nicht vorstellen, was geschehen würde, wenn man sie jetzt aufspürte. Fafnir war nicht mehr in der Lage zu kämpfen, vielleicht konnte er sich nicht einmal mehr verwandeln. Dass die Monster, die hinter ihnen her waren, aufgegeben hatten, glaubte sie nicht.

Ein intuitiver Blick über die Schulter zeigte ihr zwei Lichter, die sich ihnen von hinten näherten. »Warte kurz«, wies sie Fafnir an.

Mit Mühe hielt der Drache in Menschengestalt sich schwankend aufrecht, während Elisabeth mitten auf die Straße eilte. Mit wedelnden Armen brachte sie den Fahrer des Wagens zum Stehen. Es war ein älterer Filipino, der auf der Ladefläche unter einer Plane Hühnerkäfige transportierte. Mit zusammengekniffenen Augen lehnte der Mann sich aus dem Fenster und musterte die junge Frau.

»Bitte«, sprudelte Elisabeth los, »wir brauchen dringend Hilfe! Mein Vater ist schwer verletzt.«

Fafnir torkelte in das Sichtfeld des Mannes.

»Wieso ist dein Vater nackt?«, fragte der Mann skeptisch in gebrochenem Englisch.

Darauf fiel Elisabeth auf die Schnelle keine Erklärung ein. »Bitte«, flehte sie, »er verblutet!«

Der Blick des Manns wanderte zu einem Jesus-Aufkleber an den Armaturen. Er stieß einen Seufzer aus. »Springt rein.«

»Danke!«, sagte Elisabeth. Sie half Fafnir beim Einsteigen und ließ sich selbst auf dem Beifahrersitz nieder.

Der Wagen fuhr an, und ein Blitz erhellte das karge Land. Elisabeth zuckte kurz zusammen, doch dann atmete sie erleichtert auf.

***

Beliar saß hinten in einem geräumigen Van und starrte auf das vibrierende Handy, das vor ihm auf einem freien Sitz lag.

»Willste nicht rangehen?«, knurrte der Anführer der Fomori. Seine Kameraden sprachen den muskelbepackten Kerl respektvoll mit Warlord an. Gegenüber anderen, Beliar eingeschlossen, zeigten sie wenig bis gar keinen Respekt. Das machte den Dämon fuchsteufelswild, aber er hielt sich zurück, immerhin musste er mit dem Personal arbeiten, das ihm zur Verfügung stand.

Beliar schaute aus den getönten Scheiben hinaus in die verregnete Nacht. Da sie um eine Kurve bogen, konnte er die Vans vor ihnen sehen. Insgesamt waren es vier. Beliar dachte nach. So übel war das Resultat gar nicht. Sie hatten nur zwei Verluste zu beklagen und Fafnir war angeschlagen, der Gnom tot. Trotzdem war die Operation schwerlich als Erfolg zu verkaufen.

»Dann erstatte ich eben Bericht«, grollte der Fomori und streckte die Hand nach dem Handy aus.

Zischend kam Beliar ihm zuvor. Er drückte die Annahme-Taste und presste das Gerät ans Ohr.

»Ich hasse es, wenn man mich warten lässt«, meldete sich der Cromm, kalt wie der Frost einer Winternacht. »Zumal ich annehmen muss, dass dieses Zögern auf ein weiteres Scheitern schließen lässt.«

»Fafnir ist verwundet, wir haben ...«

»Er ist also noch immer am Leben«, schnitt der Cromm Beliar scharf das Wort ab.

Einen eisigen Moment lang herrschte Schweigen, ehe er fortfuhr: »Es ist an der Zeit, dass ich mich selbst um diese zunehmend lästig werdende Angelegenheit kümmere.«

»Das ist nicht nötig«, beteuerte Beliar. Er wollte noch mehr sagen, aber wieder fuhr ihm der Cromm über den Mund: »Ich bestimme, was nötig ist. Bewach das Tor. Früher oder später wird er dort auftauchen.« Der Cromm atmete geräuschvoll aus, der Klang erinnerte an das Zischeln einer Schlange, nur tiefer. »Fafnir wird nun versuchen, Verbündete um sich zu scharen. Ich will wissen, wen er zu Hilfe ruft. Aber vor allem wirst du persönlich das Tor nicht aus den Augen lassen.« Es klickte, und die Leitung war tot.

Beliars Hände verkrampften sich zu Fäusten. Welchen Sinn hatte es, das verfluchte Tor zu bewachen? Sie wollten doch, dass es geöffnet wurde. Cromms Befehl bedeutete, dass er aufs Abstellgleis verlegt wurde. Zur Untätigkeit verdammt.

»Schlechte Neuigkeiten?«, frotzelte der Fomori.

Beliar musste an sich halten, um ihm nicht die Faust in den dümmlich grinsenden Rachen zu schlagen und seine Zunge herauszureißen. Sie kamen gerade an einem kleinen Bergdorf vorbei. »Lass anhalten«, raunzte Beliar. »Die Werwölfe sollen sich ein wenig austoben.«

»Nur die Wölfe?«, hakte der Fomori spöttelnd nach.

»Meinetwegen könnt auch ihr euch … amüsieren«, sagte Beliar hitzig. Darauf hatte der Fomori nicht angespielt, das wusste Beliar. Er selbst lechzte nach Schmerz und Leid, um sein Gemüt abzukühlen. Er wollte in Blut baden.

Der Fomori gab die Anweisung durch, und die Vans kamen zum Stehen.

Am nächsten Tag sollten die lokalen Zeitungen von einem schauerlichen Gemetzel berichten. Der wenig überzeugende Versuch einer ersten Erklärung lautete, dass sämtliche Dorfbewohner von tollwütigen Tieren abgeschlachtet worden waren.

***

Irgendwie war es Fafnir gelungen, mehr oder minder wach durchzuhalten. Der hilfsbereite Mann, dessen Rückbank er vollgeblutet hatte, hatte sie kopfschüttelnd an einer Straße rausgelassen, an der Taxis standen. Eigentlich hatte er sie zu einem Krankenhaus fahren wollen, doch schließlich hatte er auf Fafnirs Protest hin nachgegeben. Der Taxifahrer war weniger empathisch gewesen und hatte sie bis zu Fafnirs Heim gefahren. Erst, als sie angekommen waren, hatte er Interesse an seinen Fahrgästen gezeigt, weil sie ihn nicht gleich bezahlen konnten. Mürrisch hatte er darauf hingewiesen, das Taxameter laufe weiter, während er warte. Elisabeth hatte Fafnir geholfen, die Stufen hinaufzusteigen, dann hatte er ihr Geld gegeben, und sie war nach unten geeilt, um den Fahrer zu bezahlen. Als sie wieder zurückkam, füllte der Drachenkörper beinahe den gesamten Raum aus, und Fafnir schnarchte bereits. Völlig erschöpft sah Elisabeth sich in dem spärlich möblierten Raum um. Es gab kein Bett, daher legte sie sich kurzentschlossen zwischen die rechte Tatze und den sich langsam wölbenden und senkenden Rumpf des Drachen. Es war erstaunlich gemütlich. Die Schuppen zwischen den Achseln waren überraschend weich, und der regelmäßige Atem Fafnirs wirkte beruhigend. Sie schloss die Augen und entspannte sich.

Als sie wieder aufwachte, fiel Sonnenlicht durch die Jalousien, welche die gesamte Fensterfront verdeckten. Elisabeth gähnte, reckte und streckte sich.

Fafnir schlief noch immer tief und fest. Um ihn nicht zu wecken und in seinem Heilprozess zu stören, stand sie leise auf. Sie ging zu dem Sekretär und öffnete die Schublade. Darin lag ein Etui mit Geldscheinen. Damit hatte sie bereits in der Nacht den Taxifahrer bezahlt, jetzt nahm sie noch einmal einen Bündel Scheine heraus, verließ auf Zehenspitzen den Raum und ging die Treppen hinab. Vor dem Haus drehte sie sich um. Sie musste lächeln. Es war doch eine zauberhafte Welt. Keiner der wenigen Passanten konnte auch nur entfernt ahnen, dass sich dort oben ein echter Drache aufhielt.

Sie folgte ihrer Nase in eine belebtere Straße, in der gleich mehrere Eaterys – kleine Speiselokale – Gerichte aus Fisch- und Hähnchenfleisch anboten. Aber da erspähte sie zwischen zwei Hochhäusern ein großes rotes M. Ihr Gesicht hellte sich auf. Die Fremde war schön und gut, aber ein Burger, plus Pommes und eine viel zu große Coke waren im Augenblick einfach zu verlockend. Wenig später hatte sie genau das vor sich auf einem Tablett und schlug kräftig zu. Als sie danach mit vollem Bauch über einen kleinen Markt schlenderte, waren die erlebten Schrecken beinahe vergessen. Sie fühlte sich wie im Urlaub, weswegen sie ja eigentlich nach Asien gekommen war. An einem DVD-Stand kaufte sie ein paar ausgewählte Filme, an einem anderen ein himmelblaues Halstuch. Außerdem erwarb sie ein altes Nokia-Handy nebst einer Prepaid Simkarte. Als einzige Europäerin fiel sie auf wie ein bunter Hund,

und sie genoss das Gefühl, bestaunt und bewundert zu werden, bis sie sich daran erinnerte, dass es Mächte gab, die sie wahrscheinlich noch immer tot sehen wollten.

Ja, es war natürlich besser, kein Aufsehen zu erregen. Auf dem Rückweg hielt sie nur noch zweimal. Einmal an einem Hostel, das eine Auslage mit Büchern vor dem Eingang aufgestellt hatte. Sie zog eines mit dem Titel *The Beach* heraus und bezahlte bei einem jungen Mann, der mit ihr flirten wollte. Dankend ließ sie ihn stehen und ging weiter, bis sie die Eaterys erreichte. Dort kaufte sie eine Fischsuppe in einem tiefen Styroporteller, den sie mitsamt einer Tüte in die Hand gedrückt bekam, als sie sagte, sie wolle sie mitnehmen. Mit raschen Schritten kehrte sie zu Fafnirs Anwesen zurück.

Der Drache schlief noch immer, beim Ausatmen stiegen Dampfwolken aus seinen Nüstern auf. Elisabeth legte die Suppe vorsichtig auf dem Sekretär ab und machte es sich wieder an ihrem angestammten Platz zwischen der Tatze und dem Torso des Drachens gemütlich. Sie klappte das Buch auf und begann zu lesen. Eigentlich hatte sie sich nur ein wenig die Zeit vertreiben wollen, aber ab der zweiten Seiten war sie gebannt, von der in Ich-Perspektive erzählten Geschichte eines radikalen Rucksackreisenden. Richard, wie der Erzähler sich nannte, erinnerte sie an ihre Situation. Er befand sich auf einer Suche nach sich selbst.

So gespannt sie Seite um Seite las, irgendwann musste sie wieder eingenickt sein, denn sie wachte auf. Unter ihrem Kopf lag eine Jacke, und Fafnir hockte am Sekretär vor einem Laptop. Da er lediglich Boxershorts trug, konnte sie sehen, dass seine Wunden geheilt waren.

»Danke für die Suppe«, brummte er, »hat gutgetan.«

»Keine Ursache«, erwiderte Elisabeth, gähnte und knickte ein Eselsohr in die zuletzt gelesene Seite des Buchs, das auf ihrem Bauch gelegen hatte. Sie stand auf und stellte sich neben Fafnir. »Was tust du?«, fragte sie mit einem Blick auf den Monitor der Laptops.

»Ich habe die Nachrichten der letzten Tage gelesen«, murmelte Fafnir. »Jetzt passt alles zusammen. Der Cromm hat diesen Clou von langer Hand geplant.« Fafnir schnaubte. »Er strebt die Weltherrschaft an, wie ein Bösewicht in einem bescheuerten Hollywood-Streifen.«

Elisabeth betrachtete eine steil nach oben gehende Kurve eines Aktienkurses. »Komm schon«, forderte sie, »nimm dir fünf Minuten Zeit und erklär's mir.« Sie lehnte sich mit dem Hintern an den Sekretär und sah Fafnir erwartungsvoll an.

»Okay«, seufzte Fafnir. »Aus dem, was Mussog uns in der Höhle sagte, schließe ich, dass es sich bei dem Wesen, das zwischen den Toren feststeckt, um Ammut handelt. Eine Unsterbliche mit erschreckender Macht, die sehr lange in einem Gefängnis in der Anderswelt eingesperrt war. Irgendwie muss es dem Cromm gelungen sein, Kontakt mit ihr aufzunehmen und einen Pakt zu schließen. Ihr Ausbruch war Krise genug, um den Hohen Rat auf die andere Seite zu locken. Wenn der Cromm seine Macht mit der Ammuts zusammentut, kann niemand sie aufhalten – solange die stärksten von uns Alten abgeschnitten sind.«

»Die Mitglieder dieses Hohen Rats«, begriff Elisabeth.

Fafnir nickte. »Wahrscheinlich war es auch Ammut, die Zugang zu geheimem Wissen hatte und damit voraussagen konnte, dass du von Hekate als Gefäß ausgewählt werden wirst. Deine Rolle, genaugenommen die von Hekate war es, mich auszuschalten.«

»Warte«, hakte Elisabeth ein. »Du bist doch der einzige, der das Tor öffnen kann. Wenn die Anschläge auf dich erfolgreich gewesen wären, würde Ammut ja festsitzen.«

»Gut beobachtet«, lobte Fafnir. »Offenbar nimmt der Cromm das Bündnis mit Ammut nicht so genau. Vermutlich glaubt er, dass er die Welt auch allein beherrschen kann. Und er will einen lautlosen Übergang. Deshalb hat er auch ganz weltlich seine Machtübernahme vorbereitet.« Er wies mit dem Kinn auf die Aktienkurse.

»Will er jetzt erreichen, dass diese Ammut freikommt, oder nicht?«

Fafnir lächelte grimmig. »Er scheint davon auszugehen, so oder so zu gewinnen. Wenn ich das Tor öffne, bringt Ammut mich um und sie teilen sich, zumindest vorerst, die Herrschaft. Bleibt das Tor verschlossen, greift er allein nach der Macht und nimmt ein paar Jahrzehnte Rebellion in kauf.«

»Und was tun wir jetzt?«

In Fafnirs Gesicht bildeten sich Gewitterwolken und seine Augen verengten sich zu wütenden Schlitzen. »Wir ziehen in den Krieg.«

10. KAPITEL

Drei Dinge, hatte Fafnir gesagt, braucht man, um erfolgreich Krieg zu führen: *Eine Streitmacht, eine Strategie – und man muss Furcht in das Herz des Feindes pflanzen. Wir zäumen das Pferd von hinten auf.*

Elisabeth machte eine Schnute und hatte die Arme steif vor der Brust verschränkt. Ihr trotziges Gebahren rührte daher, dass Fafnir ihr das Versprechen abgenötigt hatte, unter allen Umständen im Wagen zu bleiben. Er ließ den roten Mitsubishi, den er organisiert hatte, langsam in die Straße rollen, die Elisabeth sofort wiedererkannte. Ein Van mit getönten Scheiben parkte vor Sniffs Haus.

»Verflucht, wir kommen zu spät«, knurrte Fafnir.

»Vielleicht ist er ja nicht zuhause«, sagte Elisabeth hoffnungsvoll.

Prompt erstarb ihre Zuversicht. Das Bersten einer Fensterscheibe war zu hören, und dann stürzte ein Körper aus dem dritten Stock herab, ehe er unsanft auf dem Asphalt aufschlug.

»Steig aus«, befahl Fafnir.

Elisabeth protestierte: »Erst soll ich sitzen bleiben, jetzt soll ich aussteigen. Was denn nun?«

»Aussteigen«, zischte Fafnir mit solcher Entschie-
denheit, dass Elisabeth mit den Augen rollte, jedoch
gehorchte. Obwohl sie wütend war, schloss sie die
Tür leise hinter sich.

Fafnir umfasste das Lenkrad fester. Er durfte keine
Schwäche zeigen. Nicht, wenn er neue Mitstreiter
für ihre Sache gewinnen wollte. Sie brauchten einen
Sieg, und wenn es nur ein kleiner war. Er musste
nicht lange warten, bis die Fomori aus dem Haus
kamen. Einer von ihnen trug das Schwert Gram
locker auf der Schulter. Beliar war nicht bei ihnen.
Die muskulösen Männer stiegen in den Van ein,
und Fafnir gab aus dem Stand heraus Vollgas. Mit
quietschenden Reifen rauschte er heran und rammte
den Van in die Seite, als die Fomori gerade losfahren
wollten. Der Aufprall war nicht hart genug, um den
Van umkippen zu lassen. Nur kurz verloren die Reifen
auf der rechten Seite die Bodenhaftung, ehe er äch-
zend mit einer großen Delle wieder stand. Zumindest
hatte der unerwartete Angriff dazu geführt, dass sich
die Schiebetür nicht öffnen ließ.

Elisabeth beobachtete aus sicherer Entfernung, wie
Fafnir aus dem Wagen sprang und zur Fahrertür des
Vans eilte. Er riss die Tür auf und kurz darauf wurde
ein lebloser Körper auf den Gehsteig geschleudert.
Fafnir hechtete in den Van und im nächsten Mo-
ment krachte ein blutüberströmter Kopf durch die
Scheibe auf der Beifahrerseite. Jetzt ertönten Schüsse.
Im Van rumpelte es, das Gefährt hüpfte auf und
nieder, Kampfrufe wurden zu Schmerzensschreien,

bis es endlich still war. Elisabeth biss sich angespannt auf die Unterlippe. Sie entspannte sich, als sie sah, wie Fafnir ausstieg. Er hinkte zwar und die obere Hälfte seines rechten Ohrs fehlte ihm, aber es lag ein wildes, selbstzufriedenes Grinsen auf seiner mit Blut bespritzten Miene. In der Hand hielt er das Schwert, das sie Sniff für Elisabeths Begegnung mit Hekate gegeben hatten. Er warf es durch die Frontscheibe, die durch den Aufprall in Stücke zersprungen war, auf die Rückbank ihres Wagens und stieg ein. Es knirschte, während er rasant und scheppernd zurücksetzte, bis der Wagen mit tuckerndem Motor neben Elisabeth zum Stehen kam. Wortlos stieg sie ein, und Fafnir fuhr los.

»Hier«, sagte sie und hielt ihm ihr Halstuch hin.

»Danke«, brummte Fafnir und wischte sich das Blut vom Gesicht.

»Das waren dieselben Typen, die Mussog ermordet haben, oder?«, wollte Elisabeth wissen.

»Fomori«, grollte Fafnir. »Ein altes Volk, das über viele Generationen im Geheimen überlebt hat. Ich schätze, der Cromm setzt sie als eine Art Privatarmee ein. Möglicherweise schulden sie ihm etwas, vielleicht sind sie aber auch schlichte Söldner.« Fafnir steckte sich eine Zigarette an, inhalierte tief und entließ den Rauch durch die Nase. »Das Heulen, das wir in der Höhle gehört haben, lässt auf einen zweiten Trupp schließen, der uns auf den Fersen ist. Wenn ich recht vermute, ein Rudel Werwölfe, das noch eine Rechnung mit mir offen hat.«

Elisabeth sah ihn fragend von der Seite an.

Fafnir schnaubte und fasste knapp zusammen: »Vor dem Ende des 2. Weltkriegs herrschte auch unter den Alten Chaos. Lakamba und ich wurden abkommandiert, um Gesetzesbrüchen nachzugehen und die Täter an Ort und Stelle zu richten. Ein Rudel Werwölfe, das sich den Nazis angeschlossen hatte, beteiligte sich an Pogromen gegen Juden in Polen. Wir haben sie ganz schön aufgemischt und das Rudel stark dezimiert, bis der Rest nach Deutschland floh. Sie schworen Rache, und jetzt scheint der Tag ihrer Vergeltung gekommen zu sein.«

»Oh Mann!«, stöhnte Elisabeth. »Forunkel, Werwölfe, die ein Hühnchen mit dir zu rupfen haben, diese Ammut, der Cromm … Allmählich blicke ich echt nicht mehr durch.«

»Fomori«, korrigierte Fafnir schmunzelnd. Er schnippte den Zigarettenstummel aus dem Fenster. »Eigentlich ist die Lage ganz einfach: Wir wollen beide Tore öffnen, damit der Rat aufräumen kann. Der Feind möchte das unter allen Umständen verhindern. Wenn wir aber das erste Tor öffnen, erwartet uns Ammut.«

Elisabeth dachte kurz nach und nickte. »Okay, aber kann der Rat das Tor denn nicht von innen öffnen?«

»Nein«, erwiderte Fafnir. »Gewaltenteilung und so.«

»Also brauchen wir einen Plan, um beide Tore zu öffnen«, hielt Elisabeth fest.

»Genau«, stimmte Fafnir zu. »Aber da der Feind die Schleuse ohne Zweifel bewacht, benötigen wir

Mitstreiter.« Nach einer Pause fügte er hinzu: »Zuerst muss ich mich allerdings wieder eine Runde
ausruhen.«

»Um zu heilen«, begriff Elisabeth.

Fafnir nickte und lenkte den Wagen auf eine große
Straße, auf der bemalte Busse, Taxis und Motorräder
mit Beiwagen hupend um die Spuren kämpften.

***

Dafür, dass sie sich nach Fafnirs Aussage nun im
Krieg befanden, waren die nächsten drei Tage überaus gemütlich. Wenn der Drache nicht schlief, telefonierte er oder schrieb Emails, und wenn er weder
telefonierte noch schlief noch Emails schrieb, sahen
sie sich gemeinsam einen Film an. Nachdem sie *Pulp
Fiction* gesehen hatten und Fafnir zugab, dass das
ein außerordentlich guter Film war, blieben sie bei
Tarantino. Vor den Filmen dozierte Elisabeth, und
danach diskutierten sie. Fafnir war der Meinung, dass
Django Unchained ein Meisterwerk und der Höhepunkt des Regisseurs war und es danach abwärts
ging, Elisabeth war anderer Meinung. Da Fafnir
ihr untersagte, das Haus allein zu verlassen, und
sie sich alles, was sie benötigten, kommen ließen,
verbrachten sie fast die gesamte Zeit gemeinsam.
Erstaunlicherweise gingen sie sich nicht auf die Nerven. Es war, als hätten sie schon immer so gelebt.

Ein Drache und eine heranwachsende Frau in einer WG. Obwohl Fafnirs Ohr wieder nachgewachsen war und er nicht mehr humpelte, war er meistens in seiner wahren Gestalt. So auch am letzten Abend. Elisabeth lag in die Beuge seiner rechten Vordertatze geschmiegt, während der Abspann von *Kill Bill – Volume 2* an die Wand projiziert wurde.

»Kannst du mir nicht beibringen, wie Kiddo zu kämpfen?«, fragte Elisabeth gähnend.

»Wenn wir zwanzig Jahre Zeit hätten, könnte ich dir einen Fechtmeister vermitteln«, brummte der Drache. Er wechselte das Thema: »Schade, dass O-Ren Ishii nur so einen kurzen Auftritt hatte.«

»Die Schauspielerin heißt Lucy Liu«, erwiderte Elisabeth lächelnd. »Hab schon gemerkt, dass du ein Auge auf sie geworfen hast.«

»Zwei«, gestand Fafnir.

Elisabeth empfahl andere Filme mit Lucy Liu, und Fafnir stellte die These auf, der Drehbuchautor und Regisseur müsse von den Unsterblichen wissen, da verschiedene Szenen ohne die Kenntnis übermenschlicher Kräfte keinen Sinn ergäben. Elisabeth schlief ein, und Fafnir legte vorsichtig die Klaue um sie, sodass er ein beschützendes Nest um sie bildete, dann schloss auch er die Augen.

Am nächsten Morgen wachte Elisabeth als erste auf. Sie machte ein Stockwerk tiefer in der verstaubten Teeküche Kaffee. In Gedanken hing sie einem Traum nach. Sie hatte von ihrem Vater geträumt, an den sie kaum authentische Erinnerungen hatte. Ihr Bild von ihm glich eher einer Montage von Fotos, die ihr von ihm geblieben waren. Im Traum hatte sie neben ihm in einem Auto gesessen. In voller Fahrt waren sie auf eine graue Wand zugerast. Er hatte ihr das Gesicht zugewandt und sie angelächelt. Kurz vor dem Aufprall war sie aufgewacht. Mit einer Tasse dampfenden Kaffees in der Hand stand sie am Fenster und blickte hinaus in den Nieselregen, bis Fafnir in menschlicher Gestalt und in einen Morgenmantel gehüllt auftauchte.

»Gut geschlafen?«, fragte er.

Elisabeth zuckte die Achseln und schenkte ihm Kaffee ein.

Fafnir dankte und sagte: »Es geht los. Ein Verbündeter kommt in zwei Stunden am Flughafen an.«

Elisabeth nickte.

Fafnir steckte sich eine Zigarette in den Mund und sah Elisabeth ernst an. »Bist du sicher, dass du mich auf diesem düsteren Pfad begleiten willst? Ich kann dich in ein sicheres Versteck bringen lassen und dich abholen, wenn alles vorüber ist.«

Elisabeth machte eine Schnute. »Wenn wir nicht gewinnen, geht die Welt zum Teufel, oder?«

»Ja«, bestätigte Fafnir schlicht.

»Dann habe ich doch gar keine Wahl. Außerdem haben diese Wichser dreimal versucht, uns umzubringen. Zeit, dass wir ihnen kräftig in den Arsch treten.«

Fafnir lächelte. »Gut, trink deinen Kaffee und dann mach dich fertig. Und vergiss dein Schwert nicht.«

***

»Brauchen wir gegen Werwölfe nicht Silber?«, fragte Elisabeth, als sie vor dem Abholbereich warteten. Sie nestelte am Knauf des Schwertes.

»Eigentlich ist das in der Tat so«, gab Fafnir zurück. »Diese Legende ist ausnahmsweise richtig. Die Fomori dagegen sind anfällig für Bronze. – Allerdings«, fügte er mit grimmigem Grinsen hinzu, »übersteht es kaum ein Wesen, wenn man ihm den Kopf abtrennt oder ihm die Wirbelsäule bricht.« Er bemerkte, dass Elisabeth ein Schaudern unterdrückte. Sie war nicht so tough, wie sie sich gab. Zwar verfügte sie über die Kräfte einer Unsterblichen, auch wenn sie noch nicht wusste, wie sie sie wirkungsvoll einsetzen konnte, aber sie war eine Teenagerin in einer Zeit, in der Gewalt nicht an der Tagesordnung war.

Im Rückspiegel bemerkte Fafnir eine Schar bettelnder Kinder, die von zu Auto zogen. Bald umringten die Kinder ihren Wagen, klopften an die Scheiben, machten traurige Gesichter und deuteten mit schmutzigen Zeigefingern auf ihre Münder.

»Willst du ihnen nichts geben?«, fragte Elisabeth empört.

»Würde ich ihnen Geld geben, müssten sie den Großteil davon abgeben, und vom Rest würden sie sich Drogen kaufen«, brummte Fafnir, der an den elenden Anblick gewöhnt war.

»Dann geben wir ihnen wenigstens das hier«, sagte Elisabeth. Sie nahm zwei Chipstüten, die sie als Warteproviant mitgenommen hatten, und kurbelte ihr Fenster hinunter.

»Halt«, riet Fafnir. »Reiß die Tüten auf, sonst verkaufen sie sie nur.«

Elisabeth folgte dem Rat, riss die Chipstüten auf und reichte sie den Kindern. Sofort griffen viele Hände zu, und durch den Erfolg wurde das Betteln lauter. Allerdings nur kurz. Wachmänner kamen mit drohenden Rufen auf die bettelnde Meute zu, und rasch löste sie sich auf.

»Diese Arschlöcher«, schimpfte Elisabeth, den Blick auf einen Wachmann gerichtet, der einem kleinen Jungen nachsetze.

»Lass dich nicht ablenken«, mahnte Fafnir. »Da kommt sie.«

Eine schlanke Frau, lässig den Riemen einer Sporttasche um die Schulter geschlungen, trat aus der sich automatisch öffnenden Glastür. Sie war von eher kleinem Wuchs und hatte ihr langes braunes Haar zu einem strengen Zopf geflochten. Elisabeth war ein wenig enttäuscht. Sie hatte sich ihren ersten neuen Mitstreiter anders vorgestellt.

Fafnir erriet ihre Gedanken und sagte: »Lass dich von ihrer Erscheinung nicht täuschen. Sie ist unser Muskelschmalz, eine der größten Kriegerinnen, die die Welt je gesehen hat.«

Die Frau blieb kurz stehen, sah sich um und kam dann in ihre Richtung.

Eine schwarze Limousine rollte von hinten heran und fuhr in den Bereich, der eigentlich Taxis vorbehalten war.

»Scheiße«, entfuhr es Elisabeth und Fafnir gleichzeitig, als sie sahen, wer nun ebenfalls den Ankunftsbereich verließ und an die frische Luft trat. Es war der Cromm, flankiert von zwei kahl geschorenen Leibwächtern in schwarzen Anzügen. Der Cromm trug einen grauen Anzug, einen eleganten Porkpie-Hut und eine Sonnenbrille. Seine Hände steckten in dünnen Lederhandschuhen. Sein Mund wurde zu einem Strich, als er Fafnirs gewahr wurde. Dieser stieß unwillkürlich die Tür auf und stieg aus. Er konnte nichts dagegen tun, seine menschlichen Beine trugen ihn selbstständig auf den Cromm zu. Wenn man den Feind bemerkte, gab es nur zwei Verhaltensweisen: Flucht oder Angriff, und Flucht lag nicht in Fafnirs Natur.

Der Cromm ignorierte den Chauffeur, der ausgestiegen war und ihm die Tür der Limousine aufhielt. Sein Blick ruhte ruhig und voller Hass auf dem Widersacher, der auf ihn zukam.

Elisabeth war ebenfalls ausgestiegen und folgte Fafnir zögerlich nach. Auf halbem Weg zu seinem Feind versperrte die Frau mit der Sporttasche ihm den Weg.

»Fafnir, schön dich zu sehen!«

»Ich danke dir, dass du gekommen bist, Penthe«, erwiderte Fafnir wenig herzlich. »Wir können gleich loslegen«, fügte er knurrend hinzu.

Die Frau sah kurz über die Schulter, ehe sie sagte: »Du weißt so gut wie ich, dass das weder die richtige Zeit noch der richtige Ort ist.«

Fafnir schnaubte. Elisabeth fragte sich, ob die Luft tatsächlich knisterte oder ob nur sie die Spannung wahrnahm. Fafnirs Hände ballten sich zu Fäusten. Es kostete ihn immense Kraft, aber schließlich unterbrach er den Blickkontakt zu seinem Feind, der Anschläge auf sie verübt und Sniff hatte töten lassen.

»Du hast recht«, brummte er mit zusammengebissenen Zähnen. Er straffte sich und erinnerte sich an seine Manieren. »Das ist Elisabeth. – Elisabeth, ich habe die Ehre, dir Penthesilea, Tochter der Otrere und des Ares, vorstellen zu dürfen.«

Die Amazone schenkte Elisabeth ein freundliches Lächeln, ehe sie sagte: »Du kannst mich Penthe nennen.« Dann fiel ihr Blick auf den geparkten Wagen. »Ist diese Klapperkiste da etwa unser Gefährt?« Sie kicherte. »Ihr braucht wirklich meine Hilfe. Kommt, gehen wir.«

Wie selbstverständlich nahm Penthesilea auf dem Beifahrersitz Platz, während Fafnir an sich hielt, um ebenfalls einzusteigen und nicht kehrtzumachen, um auf den Cromm loszugehen. Elisabeth beging den Fehler und sah noch einmal in die Richtung des Feindes, auf dessen Miene sich ein verächtlicher Ausdruck gebildet hatte. *Ich mache euch fertig, wartet nur*, stand auf seinem Gesicht geschrieben. Aber offensichtlich fand auch er den öffentlichen Platz nicht geeignet für einen Kampf, oder er wollte warten, um ihnen in größerer Übermacht entgegenzutreten. In provokativer Langsamkeit stieg der Cromm ein, und die Limousine fuhr davon.

Fafnir fauchte und drehte den Schlüssel im Zündschloss, dann setzte er in einem abgehackten Manöver zurück, legte den ersten Gang ein und gab Gas.

»Der Cromm Cruach, der Schwarze Kopf, Seelenfresser und Hüter der Unterweltsonne also«, sagte Penthesilea in lockerem Tonfall. »Da habt ihr euch ja einen harten Brocken ausgesucht.«

»Vielmehr hat er sich uns, genaugenommen die ganze Welt zum Feind auserkoren«, konterte Fafnir. »Ich habe dir ja schon mitgeteilt, dass es ein äußerst kniffliger Job wird.«

»Das hast du«, gestand die Amazone ihm zu. »Soll mir recht sein, man wächst mit seinen Aufgaben.«

11. Kapitel

Mit der Amazone kehrte ein anderer Wind ein. Sie schalt Fafnir, nachlässig gewesen zu sein, und mit dem enormen Budget, das er ihr zur Verfügung stellte, gestaltete sie sein Wohnhaus zu einem Hauptquartier und einer Festung um. Penthesilea arbeitete konzentriert und ohne Unterlass. Sie errichtete ein Sicherheitssystem mit Kameras, Fallen und sogar Selbstschussanlagen. Außerdem organisierte sie Waffen. Ganze Taschen voll schleppte sie die Treppen herauf. Elisabeth sah ihr beim Auspacken zu und erhielt dabei eine knappe Einweisung in moderne Kriegsführung. Penthe war eine Expertin in sämtlichen Waffengattungen. Am dritten Abend nach ihrer Ankunft bewunderte sie Elisabeths Schwert.

»Eine Waffe ist immer nur so gut wie derjenige, der sie führt«, sagte sie kühl. »Greif mich an, Lizzy.«

Elisabeth zögerte, doch es war eine einmalige Chance, und sie hob das Schwert auf und trat damit vor Penthesilea, die zwei Saigabeln aus ihrem Gürtel zog. Penthe ließ die Sais durch ihre Hände wirbeln und forderte Elisabeth erneut auf: »Komm schon, zeig mir, was du drauf hast. Keine Zurückhaltung.«

Elisabeth schwang das Schwert, und Penthesilea parierte ihre Angriffe mit Leichtigkeit. Einen geraden Stoß fing sie mit einem Sai ab, drehte es, sodass die lange Klinge von Gram gefangen war, drückte es zur Seite und fegte Elisabeth mit einem Tritt in die Kniekehlen von den Füßen.

Die Amazone lachte. Als sie sich wieder eingekriegt hatte, sagte sie: »Steh auf und probier's nochmal.«

Fafnir beobachtete die allabendlichen Übungen der beiden Frauen skeptisch. Ein paar Tage Übung würden Elisabeth nicht in den Stand versetzen, ein ernsthafter Gegner für ihre kampferprobten Feinde zu werden. Obwohl die Lektionen der Amazone ihrer allzu willigen Schülerin Niederlage um Niederlage und viele blaue Flecke eintrugen, wuchs Elisabeths Selbstvertrauen. Mit dem Selbstvertrauen war es so eine Sache. Nur Narren glaubten, dass es in allen Situationen vorteilhaft war. Es konnte einen zum Kampf verführen, wenn man besser fliehen sollte. Trotz seiner Bedenken ließ Fafnir die beiden gewähren. Er hatte andere Dinge, um die er sich kümmern musste. Vor allem musste er den anderen, die zugesagt hatten, sich ihnen anzuschließen, eine sichere Einreise organisieren.

Der dritte in ihrem Bunde war Azai Hakuseki, ein Kitsune, ein Gestaltwandler, der seiner Heimat Japan treu geblieben war. Da der Cromm zweifellos den Flughafen von seinen Schergen überwachen ließ, nachdem er Zeuge von Penthesileas Einreise geworden war, hatte Fafnir Azai eine umständliche Route über Cebu City nahegelegt. Die Amazone holte ihn am vereinbarten Treffpunkt ab und kehrte laut lachend mit ihm zurück. Nur sie lachte. Der schlanke Asiate mit den glänzend schwarzen Haaren machte ein ernstes Gesicht. Fafnir brachte ihn knapp auf den aktuellen Stand und sagte, an alle gewandt, dass in der Nacht auch der Rest des Teams zu ihnen stoßen würde.

Wie angekündigt traf spät Abends Borgust ein. Er war ein Hühne von einem Mann, dessen halbes Gesicht von einem zottigen schwarzen Bart verdeckt wurde. Im Gegensatz zu Penthesilea und Asai gab er sich nicht die mindeste Mühe, professionell-zurückhaltend zu wirken. Gleich nachdem er alle rau begrüßt hatte, fragte er Fafnir, wann es losgehe, er wolle Schädel spalten, um seinen Freund und Stammesbruder Lorkwin zu rächen. Fafnir bat ihn um Geduld, versprach ihm aber, dass er bald schon zu seiner Vergeltung kommen würde.

Der Mond schien hell und voll durch die Fensterfront, als Penthesilea einen Mann in Jeans und Langarm-Shirt durch die von ihr installierten Sicherheitssysteme führte. »Ich bin Peiron«, stellte sich der Mann, dessen Handrücken dichte braune Haare bedeckten, Elisabeth vor.

Fafnir umarmte Peiron zur Begrüßung. »Wir sind froh, dass du gekommen bist.« Fafnir wandte sich an alle: »Mit Peiron sind wir vollzählig. Ruht euch aus. Morgen halten wir Kriegsrat.«

Nachdem Fafnir seinen Pflichten als Gastgeber nachgekommen war und sich hingelegt hatte, beschloss Elisabeth, noch ein wenig mit den anderen wach zu bleiben. Sie bemerkte Spannungen zwischen Peiron und Penthesilea, während der hühnenhafte Borgust Rum trank und Asai eine Geschichte erzählte. Aufgrund einiger anzüglichen Bemerkungen seitens Borgust und einem kurzen Erhaschen von Peirons wahrer Gestalt schloss Elisabeth, dass er ein Zentaur war. Ein Mischwesen, halb Pferd, halb Mensch. Sofern sie sich richtig an den Geschichtsunterricht erinnerte, stammten er und Penthesilea aus demselben Sagenkreis. Wahrscheinlich kannten sie sich schon sehr lange – viel Zeit, um aneinanderzugeraten. Aber offensichtlich hatten sie sich darauf geeinigt, ihren Zwist für die Dauer ihrer Zusammenarbeit auszusetzen.

Asais Geschichte handelte von einem Yurai, einem Rachegeist, der sich an einem Haufen College-Kommilitonen rächte, die ihn zu Lebzeiten gequält hatten. Es war eine ziemlich gruselige Geschichte, und Asai verstand sich darauf, plastisch zu erzählen. Am Ende wurden die Zuhörer mit einer Pointe entlohnt. Asai behauptete, er habe die Ereignisse, deren Zeuge er gewesen sei, bei einer Flasche Sake einem Trunkenbold erzählt, der sich später als Drehbuchautor herausstellte. »Was glaubt ihr, wie ich mich gefühlt habe, als ich im Kino hockte und meine Story auf der Leinwand sah? Es wurde kaum etwas an den realen Geschehnissen geändert, nur haben sie aus dem Jungen ein Mädchen gemacht.«

Das Lachen vertrieb die Gänsehaut nicht ganz. Schließlich wusste Elisabeth selbst erst seit Kurzem von den Unsterblichen, die unbemerkt unter den Menschen lebten. War sie vielleicht schon einmal einem von ihnen begegnet, ohne es zu ahnen? Zum ersten Mal stellte sie sich noch eine andere Frage: Wie würde es mit ihr weitergehen, wenn sie Erfolg hatten und sie das Versprechen, das sie Hekate gemacht hatte, einlöste? Was würde aus ihr werden? Sie vertrieb diesen Gedanken, aber er ließ ein Gefühl von Heimweh zurück. Jetzt, da ihr altes Leben in unerreichbare Ferne gerückt war, erschien es ihr in einem neuen Licht. Würde sie ihre Mutter jemals wiedersehen? Wahrscheinlich nicht. Sie wünschte den anderen eine gute Nacht und stand auf. Auf leisen Sohlen schlich sie um den massigen Drachenleib herum zum Sekretär. Sie klappte den Laptop auf und tippte das Passwort ein. Fafnir knurrte im Schlaf. Wahrscheinlich träumte er von der bevorstehenden Schlacht.

Elisabeth öffnete Skype und meldete sich an. Durch die Zeitverschiebung war es in Deutschland früher Abend. Ein grünes Symbol neben dem Namen Charly99 zeigte an, dass Charlotte online war.

Elisabeth lehnte sich im Stuhl zurück und fuhr sich durchs Haar.

Ein Chatfenster ploppte auf. *Lizzy, bist du das???*

Während Elisabeth noch nachdachte, ob sie antworten sollte, schrieb Charlotte: *Sag bitte, dass du das bist, und dass es dir gutgeht! Deine Mama weint*

sich die Augen aus. Alle gehen davon aus, du bist bei
einem Flugzeugabsturz ums Leben gekommen.

Na klar, dämmerte es Elisabeth, ihr Name hatte auf der Passagierliste des Fluges Bangkok – Manila gestanden. Ihre Mutter tat ihr leid. Aber was sollte sie sagen? Wenn sie schrieb, dass sie am Leben war, man sich keine Sorgen um sie zu machen brauchte – und sie bei dem Kampf um das Tor tatsächlich sterben würde, dann müssten ihre Angehörigen zweimal um sie trauern. Das wäre grausam. Nein, es gab nichts zu sagen. Sie schloss das Programm, klappte den Laptop zu und kuschelte sich an den Drachen. Er war jetzt ihre Familie. Ihre Vergangenheit lag hinter ihr. Vielleicht war es am besten, wenn man sie für das Opfer eines Flugzeugabsturzes hielt. Sie schloss die Augen und spürte den beruhigenden Atem des Drachen, dessen Träume offenbar friedlichere Bahnen eingeschlagen hatten.

***

»Ich sage, wir schlagen mit ganzer Kraft zu«, grunzte Borgust. »Wenn das erste Tor offen ist, decken wir dich.« Dabei sah der Troll Fafnir an. »Dann machst du das zweite auf, der Rat kommt durch und gemeinsam machen wir nieder, was noch steht.«

Fafnir räusperte sich. Offenbar suchte er nach Worten, die den Vorschlag vom Tisch wischten, ohne Borgust zu beleidigen.

Ehe er etwas erwidern konnte, meldete sich Azai zu Wort: »Was, wenn der Rat nicht vorbereitet ist? Auch mit Peirons Verstärkung treten wir gegen eine Übermacht an – und hinter dem ersten Tor erwartet uns ein Feind, den wir nicht einschätzen können.«

Die Sitzung war gerade erst eröffnet worden, aber Elisabeth hatte schon davor mitbekommen, dass Peiron einen Trupp in der Hinterhand hatte, der sich ihnen am Tag des Kampfes anschließen würde. Alle saßen im Kreis. Fafnir begab sich in die Hocke.

»Ich stimme dir zu, Azai«, sagte er. »Wir sollten unbedingt die Wahrscheinlichkeit erhöhen, dass der Rat mit einer Öffnung des Tors rechnet.« Er zündete sich eine Zigarette an, ehe er fortfuhr: »Es ist nicht mehr lange hin bis zur Sommersonnwende.«

»Ein gutes Datum«, pflichtete Penthesilea bei. »Wenn der Rat mit einer Öffnung der Weltentore rechnet, dann an einem der alten Festtage.«

»Und was machen wir bis dahin?«, brummte Borgust enttäuscht.

»Kundschaften«, erwiderte Fafnir. »Wir müssen mehr über den Feind in Erfahrung bringen. Azai, das ist deine Aufgabe.«

Der Japaner drücken sein Einverständnis mit einer angedeuteten Verbeugung aus.

»Penthe, Elisabeth«, sprach Fafnir weiter, »ihr fahrt mit dem Training fort und versucht, von hier aus an Informationen über Ammut zu gelangen. Dass die Waffen instand- und bereitgehalten werden sollten, brauche ich ja kaum zu erwähnen.«

»Dann tu's nicht«, spöttelte die Amazone.

»Peiron, wie rasch können deine Brüder zur Stelle sein?«

»Schon morgen, wenn nötig«, antwortete der Zentaur.

»Gut«, quittierte Fafnir, »dann machen du, deine Brüder, Borgust und ich morgen einen Ausflug nach Süden. Es gibt da jemanden, mit dem ich mich gerne unterhalten würde.«

Borgust grinste zufrieden. Dass so viele gemeinsam auszogen, versprach eine Unterhaltung nach seinem Geschmack.

Fafnir drückte die Zigarette auf dem Boden aus, dann ließ er seinen Blick durch die Runde wandern. »Ich bin nicht euer Anführer. Folglich kann ich keine Befehle erteilen. Alles, was ich sage, steht zur Diskussion. Ich glaube lediglich, dass wir so die besten Aussichten auf Erfolg haben.«

»Pff«, machte Penthesilea. »Wann genau bist du so bescheiden geworden?« Sie lächelte. »Wir machen es exakt so, wie du sagst.«

Alle nickten zustimmend.

»Eine Frage habe ich allerdings noch«, sagte Peiron. »Wir gehen davon aus, der Cromm wartet ab, bis wir in die Offensive gehen. Was, wenn er sich entschließt, zuerst zuzuschlagen?«

»Dafür haben wir den fähigsten Kundschafter, der mir bekannt ist«, entgegnete Fafnir.

»Sollte dieser Fall eintreffen«, sagte Azai, »werde ich euch rechtzeitig vorwarnen.«

Elisabeth hatte jede Menge offene Fragen, aber da die anderen entschlossen wirkten, schwieg auch sie.

»Gut«, sagte Fafnir, »dann gehen wir vor, wie besprochen. Lasst euch auf keine Scharmützel ein. Wenn es soweit ist, kämpfen wir Seite an Seite.«

»Zeit für die Bescherung«, sagte Penthesilea grinsend. »Ich habe für jeden Waffen und Ausrüstung besorgt.«

Alle standen auf und folgten der Amazone. Während der kleine Trupp sich rüstete, konnte Elisabeth nicht umhin, an Videospiele zu denken. Es war ein klassisches Rollenspiel-Team. Borgust verkörperte den Tank. Penthesilea reichte ihm einen mit Platten verstärkten Kevlaranzug, dazu einen mächtigen Streithammer. Peiron erhielt einen Kompositbogen und einen Köcher mit schwarz gefiederten Pfeilen. Als er die Sehne aufzog und probeweise daran zupfte, sah Elisabeth den stereotypen Fernkämpfer beziehungsweise Ranger in ihm. Penthesilea würde mit ihren Saigabeln im Gefecht zweifelsohne die Rolle eines Damage Dealers einnehmen. Azai war ein klassischer Scout. Professionell schob er sich ein ganzes Set Wurfsterne in die Halterungen seines schwarzen Kampfanzugs. Elisabeth ging auf, dass die Rolle des Zauberers durch Sniffs Tod unbesetzt war.

Als die konservativen Waffen verteilt waren, zog Penthesilea ein Tuch von einem Tisch, und darunter kam ein ganzes Arsenal moderner Waffen zum Vorschein. Ohne Zögern nahm Borgust einen Granatwerfer in die Pranken. Azai wählte zwei schlanke Pistolen samt Holstern aus, während Peiron ein

Snipergewehr mit langem Lauf durchlud. Jeder wusste auf Anhieb, was zu ihm passte und für ihn bestimmt war. Zuletzt schnallte sich Penthesilea einen Gürtel mit zwei Maschinenpistolen um die Hüften. Elisabeth sah ratlos zu, während sich die lustige Truppe in einen waffenstarrenden Killertrupp verwandelte. Welche Rolle kam eigentlich ihr bei dem Kommando zu? Sie befürchtete, sie könnte so eine Art Frodo aus *Herr der Ringe* sein. Die Reise des Hobbits zum Schicksalsberg war zwar der Schlüssel zum Erfolg, aber sein Weg war düster und einsam. Bei den Filmen hatte sie diese Passagen ab dem zweiten Anschauen immer übersprungen, um wieder Aragorn, Gandalf und die anderen zu sehen, deren Abenteuer mehr Laune machten. Sie seufzte. Penthesilea bemerkte ihre Schwermut und reichte ihr eine Pistole.

»Ich habe keine Ahnung, wie man mit so was umgeht«, sagte Elisabeth. »Wahrscheinlich würde ich mich nur selbst verletzen.«

Die Amazone zuckte mit den Achseln und schob die Pistole hinten in ihren Gürtel.

Fafnir hatte ebenfalls keine Waffen angelegt, aber die anderen genau dabei beobachtet. Später, als Elisabeth an ihn geschmiegt dalag, fragte sie: »Wieso sind wir eigentlich nur so wenige? Du hättest doch bestimmt viel mehr Leute um Hilfe bitten können.«

»Ich vertraue ihnen«, brummte Fafnir. »Jeder einzelne hat gute Gründe, den Cromm zu hassen. Außerdem haben diese vier allesamt ein großes Interesse daran, die alte Ordnung wiederherzustellen. Das lässt sich von vielen Unsterblichen nicht sagen, die in ihrer Kurzsichtigkeit glauben, die Gesetze des Rates würden sie einschränken.«

»Kann ich morgen nicht mitkommen?«, wollte Elisabeth gähnend wissen, obgleich sie die Antwort bereits kannte.

»Tut mir leid«, grollte Fafnir. »Deine Stunde kommt schon bald genug. Bis dahin möchte ich dich keiner unnötigen Gefahr aussetzen.«

»Als du vorhin gesagt hast, du bist nicht der Anführer, war das reine Höflichkeit«, begriff Elisabeth. »Natürlich führst du uns an.«

Ein leises Kichern brachte die Schuppen zum vibrieren.

»Halte dich an Penthe. Sie ist eine gute und treue Freundin, und sie scheint dich gernzuhaben.«

***

Im Nachhinein verstand Elisabeth, dass sie eine Ruhe vor dem Sturm erlebt hatten. Bereits am nächsten Tag nahmen die Ereignisse an Fahrt auf. Fafnir, Borgust und Peiron brachen auf, aber auch Azai verließ sie. Penthesilea klemmte sich hinter einen leistungsstarken Laptop, den sie mitgebracht hatte, und recherchierte über das Wesen, das in der Schleuse festsaß. Elisabeth hatte mit ihr Kraft- und Gleichgewichtsübungen gemacht, doch in den

Pausen sah sie der Amazone über die Schulter und war beeindruckt von ihren Fähigkeiten als Hackerin. Sie durchforstete Seiten, die Elisabeth nie zuvor gesehen hatte, knackte Codes und entschlüsselte geheime Einträge. Offensichtlich gab es auch im Internet eine Parallelwelt, die von den technisch Versierten unter den Unsterblichen genutzt wurde.

»Das ist interessant«, bemerkte Penthesilea nachdenklich. »In diesem Artikel steht, Ammut habe schon einmal gegen den Rat aufbegehrt. Nach einem Augenzeugenbericht sei es ihr gelungen, zwei Ratsmitglieder zu töten, ehe die anderen sie bezwangen und in Ketten legten. Der Beschreibung des Kampfes nach hat er in der Anderswelt stattgefunden. Hm«, machte die Amazone. »Wahrscheinlich ist sie in ihrer langen Gefangenschaft zu dem Schluss gekommen, dass sie nur eine Welt beherrschen kann, in welcher der Hohe Rat nicht anwesend ist. Irgendwie muss der Cromm mit ihr in Verbindung getreten sein, was wiederum darauf schließen lässt, dass es im Tartaros einen Maulwurf gibt. Dummerweise bietet der Eintrag keinen Aufschluss über Ammuts Kräfte, man muss stark interpretieren …«

Mit einem Schmerzensschrei plumpste Elisabeth aus dem Handstand, den sie inzwischen eingenommen hatte, auf den Boden. Sie hatte versucht, eine Hand vom Boden zu lösen.

»Versuch's noch einmal. Mehr Körperspannung«, wies die Amazone beiläufig an, während sie sich wieder in die Recherche vertiefte.

Am späten Nachmittag kehrte Azai von seinem Erkundungsgang zurück. Er berichtete, dass es ihm gelungen war, einen feindlichen Späher auszuschalten. Darüber hinaus hatte er den Aufenthaltsort der Werwölfe in Erfahrung gebracht. »Sie hausen in einem Gebäude nahe der Tore. Ich nehme an, der Cromm hat einen ganzen Straßenzug gekauft. Aber ich konnte nicht länger bleiben, ohne zu riskieren, enttarnt zu werden. Um Mitternacht breche ich wieder auf.« Mit diesen Worten machte er es sich gemütlich, und im nächsten Moment schlief er tief.

Die Nachrichten, die er am nächsten Tag brachte, waren besorgniserregend. Er gab sich auch keine Mühe, die Neuigkeiten in einem hoffnungsvollen Licht zu präsentieren. Während er aus seinem Anzug schlüpfte, begann er mit: »Es gibt eine höllisch schlechte Nachricht und eine, die euch das Blut in den Adern gefrieren lassen wird. Welche wollt ihr du zuerst hören?«

Die Amazone entschied sich für die erste, und sie bekamen zu hören, dass tatsächlich der ganze Block um die Kirche herum von einer Firma, die dem Cromm gehörte, aufgekauft worden war. Die taktischen Implikationen verdüsterten Penthesileas Gesicht.

»Raus damit«, forderte sie Azai aus, »wie lautet die zweite?«

»Der Feind hat ebenfalls neu rekrutiert und seine Reihen gefüllt. Er scheint nun eher auf Klasse denn auf Masse zu setzen.« Azai verzog keine Miene, und seine Stimme war rein sachlich, doch ehe er fortfuhr, konnte er ein Erschaudern nicht unterdrücken. »Wir bekommen es mit richtigen VIPs zu tun. Die Ankunft von Zweien konnte ich beobachten. Es handelte sich um die Gorgone Neirata und Nahuatu.«

»Verdammt«, keuchte Penthesilea.

»Was sind das für Wesen?«, fragte Elisabeth müde.

»Von Gorgonen dürftest du schon gehört haben«, erwiderte die Amazone. »Bestien mit Schlangen auf dem Kopf, aus meiner Heimat.« Sie biss sich auf die Unterlippe, bevor sie hinzufügte: »Nahuatu ist noch älter. Eine Feuerkreatur, die seit der Blütezeit der Azteken zurückgezogen gelebt hat. Offenbar Cromms Antwort auf unseren Drachen.«

»Ich informiere ihn«, sagte Azai.

Die Amazone nickte. Sie wusste, dass Fafnir nicht von seinem Plan abrücken würde, ganz gleich, welche Schrecken der Cromm aufbot. Am Ende würden sie sich der Übermacht stellen müssen, sie hatten keine andere Wahl.

**

Captain Fidel Aquino schloss das Visier seines Helms. Mit einem Schulterblick vergewisserte er sich, dass seine Männer bereit waren. Der Innenminister höchst persönlich hatte ihm den Auftrag erteilt, eine islamistische Terrorzelle, die sich in Manila niedergelassen hatte, auszuräuchern. Keine Verhandlungen, keine Gefangenen. Die Terroristen waren als brandgefährlich eingestuft und mussten ausgeschaltet werden, ehe sie Anschläge verüben konnten. Den Captain eingeschlossen zählte die Spezialeinheit zwölf erfahrene, bestens ausgebildete Männer. Zwei davon waren Fidels Freunde. Er hatte sich vorgenommen, sie alle unversehrt nach Hause zu ihren Familien zurückzubringen.

Er entsicherte sein Sturmgewehr und gab das Zeichen zum Einschalten der helmintegrierten Nachtsichtgeräte. Die Funkgeräte hatten sie bereits zuvor getestet.

»Vorrücken«, zischte der Captain, und die Spezialeinheit setzte sich in Bewegung.

Penthesilea weckte zuerst Azai und danach rüttelte sie Elisabeth wach.

»Was ist denn los?«, fragte Elisabeth verschlafen.

»Wir bekommen Besuch«, erklärte die Amazone knapp. »Menschen, ein Dutzend.«

Azai war blitzschnell auf den Beinen.

»Was soll ich tun?«, fragte Elisabeth, mit einem Mal hellwach.

»Du hältst die Stellung und bleibst in Deckung«, wies Penthesilea an. »Wir kümmern uns um sie.« Mit diesen Worten steckte sie sich ihre Saigabeln in die Halfter, und schon waren die beiden zur Tür hinaus. Sie bewegten sich so lautlos, dass Elisabeth ihre Schritte auf der Treppe nicht hören konnte.

»Das Gelände ist mit Sprengfallen gesichert«, meldete der Specialist.

Captain Aquino hob die Hand, und die Männer hinter ihm kamen zum Stehen. »An alle: Um das Zielgebäude herum sind Fallen angebracht. Haltet die Positionen.«

Zweierteams waren ausgeschwärmt, um den Terroristen die Fluchtwege abzuschneiden. Captain Aquino atmete tief durch. Durch seine Restlichtverstärkung konnte er keine Feindbewegung ausmachen. »Andal, Eduardo, könnt ihr etwas sehen?«

Schweigen in der Funkverbindung.

»Andal, Eduardo, melden!«

»So eine Kacke«, fluchte der Captain. »Juan, Ernesto, Danilo, seht nach, was da los ist. Seid auf der Hut.«

»Verstanden«, kam es von Juan zurück, und die drei verließen die Formation und rückten aus.

»Bewegung im dritten Stock«, meldete der Specialist.

»Bestätigt«, sagte Jovito, der Scharfschütze. »Feuer frei?«

»Warte«, befahl der Captain. Er wollte zuerst wissen, was bei Andal und Eduardo los war. Vielleicht waren ihre Funkgeräte ausgefallen, aber das war nur ein schwacher Hoffnungsschimmer – der gänzlich erlosch, als Juans entsetzte Stimme an sein Ohr drang: »Kontakt!«

»Folgt mir«, zischte der Captain.

Als sie die Rückseite des Gebäudes erreichten, war der Kampf bereits vorüber. Fünf Soldaten lagen in verkrümmter Körperhaltung auf dem Boden.

»Sie leben«, meldete Miguel, der Sanitäter, nachdem er die Männer rasch untersucht hatte. »Eduardo hat es am schlimmsten erwischt. Mindestens eine Rippe ist gebrochen, und Blut sickert in seine Lunge. Er muss so schnell wie möglich in ein Krankenhaus.«

Der Befehl, die Mission abzubrechen, lag Captain Aquino auf den Lippen. Er hatte sich geschworen, alle heil nach Hause zu bringen. Wenn er allerdings jetzt Männer abkommandierte, die Verwundeten herauszuschaffen, wäre von der Kampfkraft des Teams kaum noch etwas übrig. Andererseits wollte er herausfinden, wer sie da aus dem Hinterhalt angriff und seine Männer ausgeschaltet hatte. Die Entscheidung wurde ihm abgenommen. Eine Bewegung in den Schatten rechts von ihm, dann wurde ihm das Gewehr aus der Hand gerissen und ein Handkantenschlag unters Kinn raubte ihm den Atem. Im Fallen erkannte er noch einen zweiten Angreifer, der aus der Gegenrichtung heranraste und den Specialist mit einem Tritt ausschaltete. Die Salve aus einem Sturmgewehr knatterte in den Himmel. Dumpfe Geräusche von Hieben und Schlägen – dann war es ruhig. Der Captain blinzelte. Das integrierte Nachtsichtgerät zeigte ihm das Gesicht einer Frau. Sie grinste. Im nächsten Moment donnerte etwas Hartes gegen sein Visier, zerschmetterte es und brach ihm die Nase. Ein letztes Stöhnen, und der Captain verlor das Bewusstsein.

»Zusammenpacken«, sagte Penthesilea gehetzt, als sie zu Elisabeth zurückkehrte. »Es wird Fafnir nicht gefallen, aber wir müssen uns ein neues Quartier suchen.« Sie warf Elisabeth einen Seesack zu, und sogleich begannen sie Ausrüstungsgegenstände zusammenzuraffen und sie in Säcke und Rucksäcke zu stopfen.

Sirenengeheul näherte sich, und unten fuhr ein Transporter vor.

»Keine Sorge«, kommentierte die Amazone, »das ist Azai.« Sie schnürte einen Rucksack zu und fügte hinzu: »Ohnehin glaube ich nicht, dass die Menschen heute Nacht noch einmal angreifen werden. Die ganze Übung diente nur dazu, uns aus der Reserve zu locken. Trotzdem sind wir hier nicht mehr sicher.«

Azai half Elisabeth dabei, die Säcke zu dem Transporter zu schleppen, während Penthesilea die Fallen, die sie um das Gebäude herum aufgestellt hatte, entschärfte und abmontierte. Das Blaulicht von Krankenwagen erhellte die Nacht. Mit quietschenden Reifen machten sie sich in dem gestohlenen Transporter davon.

***

Das Handy vibrierte in Fafnirs Hosentasche. Er zog es heraus und öffnete die Kurznachricht, die Penthe ihm geschickt hatte. Die Nachricht war in einem Code verfasst, den sie vor langer Zeit genutzt hatten. Damals, als geheime Botschaften noch von Tauben oder berittenen Spionen übermittelt worden waren. Trotz der langen Zeit konnte er die Nachricht flüssig lesen: *Wurden von Menschen angegriffen – alle unversehrt – befinden uns auf der Flucht.*

Mit einem Knurren ließ er das Handy wieder in der Tasche verschwinden.

Anura, die an einen Stuhl gefesselt vor ihm saß, zuckte unmerklich zusammen. Die magische Schlinge, mit der Peiron sie gebunden hatte, verhinderte, dass sie in ihre Lamassu-Gestalt wechseln konnte. In ihrer menschlichen Gestalt wirkte sie zierlicher, als Fafnir sie in Erinnerung hatte, ja zerbrechlich. Aber das lag sicher auch an ihrer hilflosen Situation. Er hatte nicht den leisesten Zweifel, dass sie gemeinsame Sache mit dem Feind machte. Sie hasste ihn, und der Rat hatte sie gedemütigt. Ihr Haus war gut bewacht gewesen – allerdings nicht gut genug, um einen wütenden Troll vom Eindringen abzuhalten. Borgust hatte die meisten Wachen in einem rasenden Alleingang ausgeschaltet, Peiron, seine Brüder und Fafnir hatten ihm lediglich die menschlichen Wachleute mit Schusswaffen vom Hals gehalten. Als der Troll dem letzten die Augen in den Kopf gedrückt hatte, war sein Gemüt abgekühlt. Er hatte sich an einer üppig ausgestatteten Hausbar bedient. Jetzt stand er in der Ecke des Raums, trank einen tiefen Schluck aus einer Brandyflasche und trat dann neben Fafnir.

»Soll ich das Verhör übernehmen?«, fragte er.

Fafnir schüttelte den Kopf. Man konnte nicht immer den Troll vorschicken. Manchmal musste man sich selbst die Hände schmutzig machen.

In diesem Moment wurde Fafnir klar, dass dies der eigentlich Grund dafür war, weshalb er Elisabeth nicht hatte dabeihaben wollen. Sie sollte nicht sehen, wie er sein konnte. Offenbar hatte nicht nur er ihr Leben verändert, auch sie hatte Einfluss auf ihn ausgeübt. In einem geistigen Kraftakt verdrängte er sie aus seinen Gedanken. Jetzt war nicht der Zeitpunkt für Menschlichkeit oder Sentimentalität.

Ohne jede Hast streckte er den Arm aus, bis seine Hand auf der gefesselten von Anura lag. Er sah ihr in die Augen, während er ihr langsam den Zeigefinger nach oben bog. Anuras Mundwinkel zuckten vor Schmerz, aber sie schrie nicht – noch nicht. Mit einem Knacken brach der kleine Knochen, und Fafnir nahm sich den zweiten Finger vor. Man muss immer zuerst klarmachen, dass man es ernst meint.

»Du verfluchter Bastard«, brachte die Lamassu mit zusammengebissenen Zähnen hervor.

Peiron betrat den Raum. »Es ging kein Signal nach draußen«, sagte er. »Ihr habt Zeit.«

Fafnir lächelte böse. »Dann fangen wir mal an«, wandte er sich an die Gefesselte. »Sing, kleines Vögelchen.«

»Von mir wirst du nichts erfahren!«, spie Anura
aus. »Du weißt ganz genau, dass es mein Tod wäre,
wenn ich reden würde.«

»Oh, du wirst reden«, erwiderte Fafnir selbstsicher
und fuhr eine lange, scharfe Klaue aus. »Die Frage ist
nur, tust du es an einem Stück oder erst, nachdem
ich dich in Scheiben geschnitten habe.«

Keine Stunde später gab Anura alles preis, was sie
wusste. Es war nicht viel, aber darum war es Fafnir
auch gar nicht primär gegangen. Er wollte ein Zeichen
setzen, genau wie der Cromm, der sein Zuhause
unbewohnbar gemacht hatte. Am Ende befreite er
Anura mit einem gnädigen Kehlschnitt von ihren Schmerzen. Sie ließen die Villa in Flammen
aufgehen und machten sich auf den Rückweg nach
Manila.

12. Kapitel

Penthesilea hatte das beachtliche Budget, das Fafnir zur Verfügung gestellt hatte, ausgereizt. Dafür besaßen sie jetzt einen Bus, der von außen nicht viel hermachte, aber hinter der heruntergekommenen Fassade einen hohen Militärstandard bot. Das war perfekt. So konnten sie, ohne Aufmerksamkeit zu erregen, permanent ihren Standort wechseln. Hinter den Panzerglasscheiben war es zwar eng, aber es gab gerade ausreichend Platz für das fünfköpfige Team – auch wenn Borgust andauernd meckernd das Gegenteil behauptete.

Nachdem Fafnir, der Troll und Peiron in die Hauptstadt zurückgekehrt waren, hatten sie zunächst alle Informationen zusammengetragen und beratschlagt. Am Gesamtbild hatte sich allerdings nicht viel geändert, abgesehen von Penthesileas Einschätzung, dass Ammut sehr klug war und daher vermutlich das doppelte Spiel des Cromms durchschaute. »Im besten Fall stürzt sie sich auf unsere Feinde«, hatte sie gesagt, »aber wir sollten natürlich nicht damit rechnen.« Seitdem hatten sie kaum mehr getan, als die Zeit zu überbrücken. Wenn sie in der riesigen Stadt einen geeigneten Unterschlupf gefunden hatten, zog Azai aus, um auszukundschaften, ob sie sicher waren.

Am Abend vor der Sommersonnwende parkte der Bus in einer asphaltierten Hofeinfahrt. Fafnir hatte den Eigentümer für die Parkmöglichkeit und sein Schweigen mit einem Bündel Dollarscheine bezahlt. Seit es nicht mehr täglich regnete, war es unerträglich heiß geworden. Elisabeth schwitzte heftig, während sie mit Sprühdosen bewaffnet dem Bus einen neuen Anstrich verpasste. Auf die Front sprayte sie schwarz und rot ein Maul. Das Ergebnis gefiel ihr, und sie fuhr fort, dem ganzen Gefährt den Anschein eines Untiers zu verpassen. Auch Penthesilea nutzte die Zeit, um letzte Arbeiten am Fahrzeug auszuführen. Mit einem Schweißbrenner verstärkte sie den Bus von innen mit zusätzlichen Panzerplatten. Zwischen den schweren Platten ließ sie Platz für Schießscharten. Fafnir lehnte an einer Wand und rauchte eine Zigarette nach der anderen. Manchmal erwiderte er ein Lächeln von Elisabeth. Peiron telefonierte in einer fremden Sprache, und Borgust nahm Waffen auseinander und reinigte sie. Dabei grinste er voller Vorfreude in sich hinein und brummte gelegentlich, was er mit den Mördern seines Bruders anstellen würde. Am frühen Abend kehrte Azai von einer Erkundung zurück und gab Fafnir mit einem Handzeichen zu verstehen, dass sie Luft rein war.

Als die beiden Frauen mit ihren Verbesserungen des Wagens zufrieden waren, erteilte die Amazone Elisabeth im spärlichen, orangenen Licht einer nahen Straßenlaterne eine letzte Lektion im Schwertkampf.

Penthesilea lobte die Fortschritte ihrer Schülerin mehr als gewöhnlich. Elisabeth wusste, dass sie es nur tat, um ihr ein gutes Gefühl zu geben, dennoch war sie stolz auf sich.

»Letzte Nacht in dieser verfluchten Sardinenbüchse«, murrte Borgast, während er sich unten auf einer Matratze zusammenrollte und eine Decke über sich zog.

Elisabeth teilte sich mit Fafnir das Schlafdach. Sie dachte daran, was sie am nächsten Tag erwartete, und zitterte. Fafnir bot ihr seinen Arm an, und sie schmiegte sich an ihn. Ein wohliger Schauer durchzuckte sie, als sie mit der Wange auf seiner Brust lag und seinen ruhigen Atem hörte. Elisabeth bemerkte, dass sich die Nähe zu ihm anders anfühlte als gewohnt. Es musste an seiner menschlichen Gestalt liegen. Sie kuschelte sich nicht an eine riesenhafte Echse, sondern an einen Mann, der lediglich eine Boxershort trug. Und sie war eine Frau.

»Versuch zu schlafen«, sagte Fafnir bestimmt.

»Ja«, seufzte Elisabeth leise. »Träum schön.«

»Du auch.«

***

»Seid ihr bereit für den Showdown dieser Geschichte?«, fragte Fafnir über die Schulter, die Hände fest am Lenkrad.

»Bereit«, sagte Azai knapp.

»Kann losgehen«, ließ sich Peiron vernehmen.

»Lasst uns endlich Schädel spalten«, grunzte Borgust.

Mir ist schlecht, ich habe Angst, und ich muss aufs Klo, dachte Elisabeth, aber das behielt sie für sich und nickte stattdessen.

»Jetzt mach's nicht so theatralisch«, sagte Penthesilea mit spöttischem Unterton. »Fahr einfach los.«

Und das tat Fafnir. Im Abendrot lenkte er sie durch den lauten, bunten Verkehr der Großstadt.

Elisabeth wurde immer hibbeliger. Seit sie den Schlachtplan durchgegangen waren und Fafnir sie danach unter vier Augen instruiert hatte, war ihre Aufregung stetig gewachsen. Nun hatte sie ein beinahe unerträgliches Maß erreicht. Sie fühlte sich wie vor einer Prüfung, auf die sie nicht ausreichend gelernt hatte, nur schlimmer. Ihre Hände umklammerten den Griff des Schwerts, der schon ganz feucht von ihrem Schweiß war.

Als sie auf eine kaum befahrene Straße einbogen, schlossen sich ihnen Männer auf Motorrädern an. Peirons Freunde. Fafnir quittierte ihr Erscheinen mit einem grimmigen Lächeln.

Elisabeth erkannte einen Block wieder. Bald würden sie die Kirche erreichen.

»Festhalten«, brummte Fafnir, »es geht los.«

Ihr Anmarsch war nicht unbemerkt geblieben. Der Feind erwartete sie vor der Kirche – zumindest ein Teil der gegnerischen Truppen. Elisabeth erkannte den Dämon wieder, der sie in dem Hotelzimmer in Bangkok angegriffen hatte. Neben ihm standen eine dunkelhaarige Frau und ein Mann mit weißem Rauschebart. Flankiert wurden die drei zu beiden Seiten von hühnenhaften Männern, die auch in ihrer menschlichen Gestalt an Wölfe erinnerten.

»Heckenschützen!«, warnte Azai, einen Wimpernschlag, ehe Kugeln gegen den Bus prasselten. Die Panzerung hielt dem Beschuss stand. Fafnir hielt nicht an, um ein Schwätzchen zu halten, sondern drückte das Gaspedal bis zum Anschlag durch und steuerte den Bus in einem harten Schlenker genau auf das Kirchentor zu. Noch während sie darauf zurasten, erwiderten die Amazone und Borgust das Feuer durch die Schießscharten. Elisabeth sah, wie sie Fenster mit Salven eindeckten, dann rammte der Bus durch das Tor. Ein heftiger Ruck ging durch das Fahrzeug. Nur der Sicherheitsgurt verhinderte, dass Elisabeth durch die Luft geschleudert wurde. Sie spickte durch eine Sichtluke aus Panzerglas und beobachtete einen Moment lang die Feinde, die sich aufrappelten, nachdem sie vor dem anbrausenden Bus in Sicherheit gehechtet waren.

Aber immerhin, sie waren in der Kirche, schoss es Elisabeth durch den Kopf. Einfacher als gedacht. Nur noch vereinzelte Schüsse knallten gegen das Heck. Die Eskorte von Motorradfahrern erwiderte knatternd das Feuer. Aber etwas anderes ließ Adrenalin in Elisabeths Adern strömen: Die wahre Gestalt des Dämons Beliar kannte sie bereits – ein dunkler Torso, auf dem eine alienförmige Fratze saß und aus dessen Rücken ledrige Flügel ragten. Aber auch die Frau und der alte Mann hatten sich verwandelt. Sie war zu einem Wesen mit vier spinnenförmigen Beinen geworden. Die Chitinbeine trugen einen bizarren Frauenkörper mit sechs Brüsten. Das Schrecklichste jedoch war ihr Kopf, auf dem sich anstelle von Haaren Schlangen wanden. Sie drehte sich zu dem Bus, die Schlangen auf ihrem Haupt rissen die Mäuler auf und zeigten ihre spitzen Giftzähne. Auch die Kreatur, die zuvor als alter Mann erschienen war, drehte den Hals in Richtung Bus. Es handelte sich um eine Art Lindwurm. Zwei zu kurz wirkende Beine trugen einen langen roten Leib, auf dem Flammen züngelten. Nur das Maul, von dem weiße Barthaare herabhingen, erinnerten noch entfernt an die menschliche Gestalt. Die gelb lodernden Augen hingegen zeugten von einer uralten Bosheit.

Mit zitternden Händen öffnete Elisabeth den Verschluss des Gurts und griff nach dem Schwert.

Fafnir trat die Fahrertür auf, sodass sie die Gorgone gegen die Fratze traf. Er sprang hinaus und stürzte sich in den Kampf. Im gleichen Augenblick riss Borgust die Seitentür auf. Penthesilea schoss mit beiden MPs. Plötzlich hatte der Troll seinen Streithammer in der Hand, und als die Magazine der Amazone leer waren, stieß er einen Kampfschrei aus und schwang sich hinaus. Penthesilea zückte ihre Sais und folgte ihm nach.

Wo war Azai?, fragte sich Elisabeth. Er musste auch schon draußen im Gefecht sein. Nur noch Peiron und sie waren im Bus. Schnell wie Legolas schoss der Zentaur Pfeile von seinem Bogen ab, wobei er sich langsam nach vorn bewegte. Schließlich war Elisabeth die letzte. Sie nahm ihren Mut zusammen und sprang nach draußen. Trotz ihrer geschärften Sinne war es schwer, einen Überblick zu gewinnen. Überall fanden Kampfhandlungen statt. Sie wich einer Klaue aus und stieß mit dem Rücken an Borgust, der nun ebenfalls seine wahre Gestalt angenommen hatte und seinen Hammer gegen die Gorgone schwang.

»Drängt sie hinaus!«, brüllte Fafnir. Er befand sich in einem Handgemenge mit Beliar. Der Dämon würgte ihn, aber Fafnir schmetterte ihm die Stirn gegen das teuflische Gesicht. Dann packte er ihn und schleuderte ihn durch die Luft. Sein kurzer Flug endete unsanft an der Kirchenmauer neben dem Eingang.

Peiron rief seinen Brüdern Befehle zu, während er noch immer Pfeil um Pfeil von der Sehne schwirren ließ. Der Lindwurm war mittlerweile von Pfeilen gespickt, doch er wütete noch immer. Sein Maul schnappte nach unten, aber anstatt den Kopf des Trolls bekam er dessen Hammer zu schmecken. Elisabeth hatte einen Augenblick zu lange versucht, sich in dem Durcheinander zurechtzufinden. Ein Werwolf stürzte sich von der Seite auf sie. Hart ging sie zu Boden, das Schwert glitt ihr aus der Hand. Mit bloßen Händen drückte sie den Kiefer des Wolfs nach oben, damit er ihr nicht ins Gesicht beißen konnte. Krallen gruben sich tiefer in ihre Schultern. Der Schmerz erreichte mit Verzögerung ihr Gehirn. Sie japste nach Luft und spürte, wie ihr die Kraft ausging. Blind tastete sie nach dem Schwertgriff. Panik stieg in ihr auf. Die Nackenmuskeln des Werwolfs waren zu stark. Gleich würde das Biest ihr das Gesicht zerfetzen. Die Rettung kam aus dem Nichts. Eine Saigabel bohrte sich in die Schläfe des Untiers, um im nächsten Moment wieder herausgerissen zu werden. Ein Blutschwall ergoss sich auf Elisabeth. Sie presste die Lippen aufeinander, um nichts von dem Blut in den Mund zu bekommen. Ein ersticktes Heulen, dann war der Werwolf tot. Seine Leiche war schwer, aber es gelang ihr, sie von sich zu wälzen. Auf allen Vieren krabbelte sie zu dem Schwert. Erst als sie es fest umgriffen hielt, wagte sie aufzustehen.

Der Lindwurm war tot, die Gorgone, der Dämon und die restlichen Werwölfe nach draußen gedrängt. Die Zentauren hatten schwere Verluste erlitten, nur noch drei schossen neben Peiron in die Dunkelheit außerhalb der Kirche. Borgust ließ seinen Hammer fahren und brachte den Granatwerfer in Anschlag. Azai, Fafnir und Penthesilea kämpften an vorderster Front, hielten die Werwölfe auf Abstand und ermöglichten damit den Zentauren, einigermaßen frei zu schießen.

»Haltet die Pforte!«, rief Fafnir. Mit diesem Appell zog er sich aus dem Kampfgeschehen zurück und eilte zu Elisabeth.

»Du bist verletzt«, stellte er fest.

Elisabeth biss die Zähne zusammen. »Ist nicht so schlimm«, erwiderte sie tapfer.

»Komm«, sagte Fafnir.

Sie folgte ihm zum Altar, der zur Seite geschoben war und den Zugang zu einer Treppe freigab. Ein kühler Luftzug stieg aus der Finsternis zu ihnen auf. Elisabeth fröstelte.

Ein Krachen ließ Fafnir über die Schulter blicken. Eine Explosion von außen hatte ein Loch in eine Seitenwand der Kirche gesprengt. Das war übel, begriff Elisabeth. Ohne Zweifel würden bald Feinde durch die Öffnung strömen und den anderen in den Rücken fallen. Fafnir knurrte. Er sah Elisabeth tief in die Augen, während er mit der Linken die Klinge des Schwerts umfasste. Nun hob er die Hand. Aus einem Schnitt rann Blut. Elisabeth wusste, was sie zu tun hatte. Das hatten sie zuvor besprochen. Sie hob ebenfalls ihre Hand und presste sie an seine.

»Gut«, brummte Fafnir, »los jetzt.« Ohne sich noch einmal umzuwenden, machte er sich an den Abstieg. Elisabeth ging dicht hinter ihm die Stufen hinab und versuchte, die Schreie über ihnen zu ignorieren. Die Treppe mündete in einen fackelbeschienen Flur, an dessen Ende ein gewaltiges Tor den Weg versperrte. Vor dem von Ornamenten verzierten Tor stand, in seinem typisch grauen Anzug, der Cromm. Er warf die Fackel zu Boden und stieß ein humorloses Lachen aus.

»Ganz der Alte«, sprach er Fafnir mit höhnischem Unterton an. »Man bietet dir eine offenkundige Falle an, und du tapst dummdreist mitten hinein.«

»Ich habe keine Lust, mich mit dir zu unterhalten«, konterte Fafnir. »Geh aus dem Weg, oder ich reiß dich in Stücke.«

»Du arroganter Emporkömmling«, spie der Cromm aus, »ich bin ein Gott, Drache. Du kannst mich nicht aufhalten.«

»Das werden wir ja gleich herausfinden«, knurrte Fafnir, trat einen Schritt vor und ließ die Knöchel knacken.

Der Cromm schnaubte und tat ebenfalls einen Schritt nach vorn. »Was ist mit dir?«, wandte er sich an Elisabeth, die sich im Hintergrund gehalten hatte. »Das ist deine letzte Gelegenheit, dich auf die Seite der Sieger zu schlagen. Die alte Zeit ist vorüber, heute Nacht wird eine neue Ordnung geboren. Schließe dich mir an, oder gehe mit den Narren unter.«

Elisabeth schlug die Augen nieder, senkte das einhändig gehaltene Schwert und machte Platz für den unvermeidlichen Zweikampf. Der Cromm strafte ihre vermeintliche Feigheit mit einem vernichtenden Blick, dann richtete er seine ganze Aufmerksamkeit auf den Widersacher, der sich bislang so beharrlich geweigert hatte zu sterben. Jetzt endlich würde er ihn vernichten. Blitzschnell schoss er vor und verpasste dem Drachen in Menschengestalt einen Kinnhaken, der ihn zurück bis an den Fuß der Treppe warf. Die Hände zu Hilfe nehmend floh Fafnir die Treppe

nach oben. Elisabeth hoffte inständig, dass seine An-
geschlagenheit nur Show war und es sich um einen
rein taktischen Rückzug handelte. Sicher war sie
sich nicht, aber sie musste nun tun, was sie Fafnir
geschworen hatte. Sie ging auf das Tor zu, dessen
Ornamente von einem keltischen Knoten umrahmt
wurden. Sie hob die Hand, an der Fafnirs Blut klebte,
und legte sie flach auf den kühlen Stein. Hoch konzentriert sprach sie die magische Formel, die Fafnir
ihr geduldig beigebracht hatte. Tatsächlich, als sie das
letzte Wort gesprochen hatte, öffnete sich das Tor.

Der Geruch von Verwesung schlug ihr entgegen
und raubte ihr einen Moment lang den Atem. Die
noch immer brennende Fackel auf dem Boden ließ
Konturen in der gähnenden Dunkelheit hinter dem
Tor erahnen. Ein unmenschlicher Laut ließ Elisabeth
das Blut in den Adern gefrieren. In der Finsternis
bewegte sich etwas, etwas Großes. Jetzt erkannte sie
zwei rote Augen, die sie hungrig anglotzten.

»Fuck«, dachte Elisabeth. Sie musste zu dem zweiten
Tor kommen. Doch dazwischen lauerte Ammut, die
Fresserin. Obwohl sie nicht hoffen konnte, dass sich
die Kreatur davon beeindrucken lassen würde, hob sie
das Schwert. Die Spitze der Klinge den unheimlichen
Augen entgegengestreckt, wollte sie eben einen be-
herzten Schritt nach vorn tun, da bebte plötzlich
die Erde. Ein Grollen, so laut, dass es in den Ohren
schmerzte, war zu hören. Kleine Steine und Staub
rieselten von der Decke. Ein tiefes Fauchen, und dann
bebte die Erde.

Hatte Ammut Angst, verschüttet zu werden? Vielleicht spürte das Monster auch etwas, das Elisabeth nicht wahrnahm. Jedenfalls stürzte das Wesen an ihr vorbei in Richtung Treppe. Als die Krokodilschnauze und der fellbedeckte Körper des Scheusals an Elisabeth vorbei waren und sie schon aufatmen wollte, fegte der Schwanz des Ungeheuers sie von den Beinen. Einen Augenblick segelte sie schwerelos durch die Luft, dann ging sie hart nieder. Ihr Kopf prallte gegen den harten Felsboden, und sie verlor das Bewusstsein.

Penthesilea schaute hinauf zu dem großen Loch, das Fafnir und der Cromm in die Decke der Kirche gerissen hatten. Ineinander verbissen waren sie in den Himmel aufgestiegen, der Drache und die gigantische Made, die sich um ihn gewunden hatte. Was die Sterblichen wohl dachten, wenn sie zwei Fabelwesen erblickten, die versuchten, sich über ihren Köpfen gegenseitig den Garaus zu machen? Kurz nach ihnen war Ammut in der Kirche erschienen. Einen Moment lang hatte sich das Monstrum umgesehen, war dann über sie hinweggesprungen und nach draußen geeilt. Offenbar hatte die Bestie kein Interesse, sich an diesem Konflikt zu beteiligen. Vermutlich wollte sie erst einmal ihre Freiheit genießen – und fressen. Auch keine gute Aussicht für die Menschen, aber immerhin ein Vorteil für den Kampf.

Die Amazone erlaubte sich diesen kurzen Moment des Innehaltens, weil es ihnen gelungen war, die erste Welle der Feinde zurückzuschlagen. Die

Werwölfe waren zum größten Teil erschlagen, ihre Leichen bedeckten den Boden. Die Gorgone Neirata war einem gemeinsamen Angriff von Borgust und Azai zum Opfer gefallen. Der Hammer des Trolls hatte ihren Schädel in blutigen Brei verwandelt. Beliar hatte sich verletzt zurückgezogen. Aber auch sie hatten Verluste erlitten. Nur noch zwei Zentauren waren am Leben. Peiron lehnte an der Wand. Er blutete aus mehreren Schusswunden. Azai hielt sich auf den Beinen, aber er schwankte. Im Kampf mit der Gorgone hatte ihn eine der Schlangen auf ihrem Haupt gebissen. Vermutlich breitete sich das Gift gerade in seinen Adern aus. Borgust hielt sich wacker, obwohl sein verstärkter Kevlaranzug in Fetzen hing. Als die Explosion das ebenerdige Loch in die Kirche gesprengt hatte, war er sofort losgerannt und hatte dem Bombenleger ein hässliches Ende bereitet. Jetzt kam er zurückgestapft, den Blick fragend auf Penthesilea gerichtet. Die Amazone bemerkte, dass alle sie ansahen. Sie wollten von ihr wissen, was zu tun war, nun, nachdem Fafnir mit dem Cromm davongeflogen war.

»Wir halten die Stellung, solange es möglich ist!« Vielleicht hatten sie den Feind überschätzt, vielleicht waren sie tatsächlich einem Sieg nahe. Sie gab Borgust mit einem Zeichen zu verstehen, dass er ihr folgen sollte. Der Troll ging auf der einen Seite des gesprengten Lochs in Deckung, sie auf der anderen. Die übrigen blieben bei der Pforte.

Sirenengeheul näherte sich. Penthesilea spähte nach draußen. Zwei Streifenwagen fuhren auf den Platz vor der Kirche. Sie hatten kaum angehalten, als sie von einem Kugelhagel eingedeckt wurden. Zwei Sekunden später waren die Polizisten tot. Einem gelang es noch die Tür zu öffnen, ehe er leblos auf den Boden sackte. Die Zentauren antworteten mit Schüssen auf die Fenster der Gebäude, in denen die Fomori sich verschanzt hatten. Penthesilea dachte über einen Ausfall nach, um diese Heckenschützen endlich auszuschalten, als ein Hornstoß ertönte. Zweifellos ein Signal zum Angriff.

Es waren nicht nur die von Beliar angeführten Fomori, die ihre Stellungen aufgaben und anrückten. Penthesilea erkannte die gefürchtete Hexe Ragana. Auch die äußerst hässliche Kreatur mit Widderhörnern, die anstürmte, war ihr bekannt. Es war Sahr, ein Dämon, gefolgt von Dschinns. Die größte Truppe bildete eine Meute Oni, ogerähnliche Unholde mit Keulen und Äxten.

Waren diese neuen Streitkräfte erst jetzt eingetroffen, oder stand hinter ihrem späten Angriff eine Taktik? Wie auch immer. Jede Hoffnung auf einen Sieg erlosch in Penthesilea, als sie die Horden auf die Kirche zustürmen sah. Jetzt ging es nur noch darum, bis zum letzten Tropfen Blut Widerstand zu leisten und einen würdigen Tod zu sterben.

»Haltet sie auf!«, schrie die Amazone heiser. »Macht so viele von diesen Bastarden nieder, wie ihr könnt!«

***

Fafnir versuchte verzweifelt, die Made von sich abzuschütteln. Doch der Cromm hatte sich fest um ihn gewickelt und würgte seinen ganzen Leib. Der Cromm hatte behauptet, ein Gott zu sein. Das war Unsinn, es gab keine Götter – nur Wesen, die älter und mächtiger waren als andere. Allerdings entsprach das Gewicht der Made nicht ihrer Masse. Auch wenn es Fafnir schwerfiel, er konnte mit kräftigen Flügelschlägen an Höhe gewinnen. Nur brachte ihm das keinen Vorteil. Die Wunden der Bisse, die er dem Untier beigebracht hatte, schlossen sich erschreckend rasch, während Fafnir spürte, wie seine Kräfte schwanden. Mit den Klauen versuchte er, das scheußliche Maul des Cromms von seiner Brust wegzuhalten. Aber immer öfter biss die Made zu. Dann saugte sie an ihm, und es fühlte sich an, als würde sie seine Seele ausschlürfen.

Fafnir ging in einen Senkflug über. Mit voller Absicht ließ er sich in ein Hochhaus krachen, um die Made abzuschütteln. Er konnte keine Rücksicht auf die Normalsterblichen nehmen, die in dem Haus lebten, durfte keinen weiteren Nachteil in Kauf nehmen. Wenn er unterlag, würde ihre Welt ohnehin untergehen. Der Cromm würde eine Schreckensherrschaft errichten und die Menschen bestenfalls versklaven. Das Manöver scheiterte. Die Made ließ sich nicht abschütteln. Sie hielt ihn fest umklammert und quetschte die Lebensenergie aus ihm heraus.

Fafnir schlug mit den Schwingen und beschrieb einen Bogen. Zurück zur Kirche. Vielleicht konnten die anderen ihm dabei helfen, die Bestie loszuwerden. Nur kurz, damit er sie mit seinem Flammenatem rösten konnte.

Die Made hatte nun ein neues Ziel. Sie gab sich nicht mehr mit seiner Brust zufrieden, jetzt wollte sie an seinen Hals. Fafnir packte den grauen Wurmschädel mit beiden Krallen, bohrte die Klauen in das weiche Fleisch, dennoch näherte sich das Maul seiner Gurgel. Ein rascher Blick nach unten, zeigte ihm, dass dort keine Hilfe zu erwarten war. Der ganze Platz um die Kirche war von Feinden bedeckt. Vielleicht konnte er seinen Verbündeten wenigstens einen kleinen Vorteil verschaffen, damit sie fliehen konnten. Er hoffte inständig, dass Penthesilea die Niederlage erkannte und mit den anderen den Rückzug antreten würde. Diese Schlacht war verloren. Alles war verloren. Es sei denn …

Er machte einen letzten Schlenker und ließ sich mit seinem würgenden Passagier auf eine Horde Oni niederstürzen. Sie überschlugen sich und begruben mindestens ein Dutzend Feinde unter sich, ehe Fafnir auf dem Rücken zum Liegen kam. Noch einmal versenkte er seine Krallen in dem Schädel des Cromms. Mit letzter Kraft presste er ihn von sich, und dann spie er Feuer. Die Flammen versengten seine Klauen. Der Schmerz war kaum zu ertragen. Doch er spuckte weiter Feuer, bis das widerlich weiße Fleisch der Made erst rot glühte, um sich dann schwarz zu färben. Endlich wurde der würgende Druck um ihn herum schwächer. Es gelang ihm, die

Made von sich abzuschütteln. Er drehte sich auf den Bauch und rappelte sich auf. Mit einem Schlag seiner Klaue zerfetzte er einen Oni von hinten.

Ein diabolisches Lachen ertönte. Laut und markerschütternd. Der Cromm hatte sich regeneriert. Selbst das Feuer hatte ihn nur kurz aufhalten können. Jetzt bäumte er sich zu voller Größe auf. Ein Wurm, der Fafnir meterhoch überragte.

Es war vorbei. Er hatte dem Widersacher nichts mehr entgegenzusetzen. Seine Freunde würden sterben, und eine Ära des Schreckens und der Dunkelheit würde über die Welt hereinbrechen.

In diesem Augenblick der Niederlage und der Aufgabe geschah etwas Unerwartetes. Ein rundes Projektil sauste durch die Luft. Fafnir erkannte, dass es sich um eine Wurfscheibe handelte. Er kannte nur einen, der solch eine Waffe führte. Die rasiermesserscharfe Wurfscheibe säbelte durch den Hals der Made, beschrieb einen Bogen und flitzte den selben Weg zurück, den sie gekommen war. Sie landete in der ausgestreckten Hand von Vishnu, der aus der Kirche trat. Neben ihm metzelte sich Kali durch die Reihen der Feinde. In jeder ihrer sechs Hände hielt sie eine Waffe – eine davon war das Schwert Gram, dessen Klinge wie Butter durch die Körper der Fomori und Oni schnitt. Elisabeth hatte es also doch geschafft! Der Hohe Rat war zurückgekehrt, und damit wendete sich das Blatt. Jetzt fochten sich auch Bathala mit seinem Speer, der riesenhafte Widar und der dunkelhäutige Eshu den Weg aus der Kirche frei. Jeder einzelne von ihnen verfügte über große Macht, aber wenn sie zusammen ins Feld zogen, konnte ihnen niemand widerstehen. Sie metzelten alles nieder, was so närrisch war, sich ihnen in den Weg zu stellen. Kali zerstückelte die Hexe Ragana, Bathala durchbohrte Sahr mit seinem Speer. Der Cromm wollte fliehen, doch Fafnir biss ihm in den Hinterleib und hielt ihn fest, bis der Rat ihm zu Hilfe kam. Es folgte ein Schlachtfest. Kali kreischte frenetisch im Blutrausch, während sie gemeinsam mit den anderen auf die Made einhieb. Selbst der Cromm konnte irgendwann die grässlichen Wunden, die ihm zugefügt wurden, nicht mehr heilen. Er wurde in Stücke geschnitten und geschlagen, und zuletzt setzte Eshu seine Überreste in Brand.

Fafnir spürte das Feuer in seinem Rücken, während er in menschlicher Gestalt auf die Kirche zuwankte. Über Leichen hinwegsteigend kam ihm Penthesilea entgegen. Er musste nicht fragen.

»Nur Peiron und ich haben überlebt«, sagte die Amazone bitter.

Fafnir nahm sie in den Arm. Und sie setzten sich auf den blutgetränkten Boden.

»Wir haben es geschafft«, sagte Penthesilea.

»Ja«, erwiderte Fafnir schwer. Er hätte jetzt gerne eine Zigarette geraucht. Aber die lagen in der Kirche, wo er sich verwandelt hatte, und er fühlte sich nicht in der Lage aufzustehen. »Würdest du mir einen Gefallen tun?«, fragte er.

»Welchen?«, gab die Amazone zurück.

»Wenn deine Wunden geheilt sind, könntest du dann in die Anderswelt reisen, und schauen, wie Elisabeth zurechtkommt?«

»Natürlich«, sagte Penthesilea.

Dann schwiegen sie, umgeben von Leichen. Sie hatten gewonnen, aber nach Feiern war ihnen nicht zumute.

***

Weiße Flocken schwebten um sie herum. Es war kein Schnee, auch keine Asche. Es war etwas anderes, das sie nicht kannte. Auf Kalis Rat hin hatte sie die Taverne, in der sie nach dem Durchschreiten des zweiten Tors aufgetaucht war, unmittelbar nach ihrer Ankunft in der fremden Welt verlassen. *Fremd …* das war der treffende Ausdruck. Sie war ausgezogen, um sich in die Fremde zu begeben. Doch nie hätte sie erwartet, dass ein Ort dermaßen fremd sein konnte.

Das weite Land, das sie überblickte, wenn sie einen Grat erreichte, erinnerte sie noch am ehesten an Postkarten von Neuseeland. Unendliche, unberührte Wildnis. Das Gehen fiel ihr leicht. Mühelos konnte sie den ganzen Tag wandern, ohne eine Rast einzulegen. Sie war an nebelverhangenen Seen und lustig gluckernden Flüssen vorbeigekommen, durch dichte Wälder gestreift und über weite, grasbewachsene

Ebenen marschiert. Abgesehen von zwitschernden Vögeln und Waldtieren, die bei bei ihrem Nahen sofort Reißaus genommen hatten, war sie keinem anderen Lebewesen begegnet. Sie war allein mit sich, aber sie fühlte sich nicht einsam. Sie hatte Hekate versprochen, tags dem Sichelmond und nachts dem hellsten Stern zu folgen. Das hatte sie getan. Und sie spürte, dass sie ihrem Ziel nun ganz nah war. Die Umrisse einer kleinen Hütte schälten sich aus der Dunkelheit und den langsam zu Boden schwebenden Flocken.

Sie wusste nicht, was sie in der Hütte erwartete. Doch sie hatte keine Angst. Ein Versprechen war ein Versprechen. Elisabeth lächelte und ging auf die Hütte zu.

Epilog

Fafnir hatte sich nicht an der Jagd auf Ammut beteiligt. Er hatte die Zeit, bis die Kirche wieder aufgebaut und alles mit der menschlichen Obrigkeit geklärt war, genutzt, um zu entspannen. Wenn er nicht geschlafen hatte, hatte er sich Tarantino-Filme angesehen. Ohne Elisabeth machte es nicht so viel Spaß, aber manchmal vergaß er, dass sie nicht da war. Er fühlte ihr Fliegengewicht auf seiner Vordertatze, hörte ihr Lachen oder ihre ernste Stimme, mit der sie über Schauspieler oder die Hintergründe der Dreharbeiten dozierte. Er vermisste sie. Wie allen anderen Alten war auch ihm die Reise in die Anderswelt vorerst verboten. Aber vielleicht würde sie ja zu ihm zurückkehren. Vielleicht. Irgendwann einmal.

An seinem letzten freien Tag saß er auf der Dachterrasse des Sea View. Eine sanfte, salzige Brise wehte vom Meer her.

»Bitte sehr, Ihr Drink«, sagte die Kellnerin und stellte ein Glas vor Fafnir ab. Die untergehende Sonne färbte den Longdrink in ein dunkles Rot.

»Salamat«, bedankte sich Fafnir in der Landessprache.

Er zündete sich eine Zigarette an und nahm einen Schluck.

Ehe er sie sah, hörte er ihre Schritte. Sie waren unverwechselbar; stolz, ernst, zielstrebig. Kali.

Sie schnappte sich einen freien Stuhl vom Nachbartisch und setzte sich zu ihm. Der schicke Business-Dress stand ihr gut. Vor allem der cremefarbene Blazer, der ihre dunklen Augen zur Geltung brachte.

»Darf ich Ihnen etwas bringen?«, fragte die aufmerksame Kellnerin.

»Martini Bianco, zwei Eiswürfel«, erwiderte Kali knapp, ohne die junge Frau eines Blicks zu würdigen. Sie wartete, bis das Getränk serviert war, ehe sie schnaubte und sagte: »Widar, Bathalu und Eshu haben Ammut in Malaysia gestellt. Sie weigerte sich, sich gefangennehmen zu lassen. Sie haben sie erledigt. Leise und ohne Zeugen.«

Der Vorwurf in ihren Worten war nicht zu überhören.

»Tut mir leid, dass ich bei der Rettung dieser Welt so einen Lärm gemacht habe«, sagte Fafnir sarkastisch.

»Das sollte es auch«, zischte Kali mit kalter Wut. »Hast du eine Ahnung, wie aufwendig es ist, hinter dir aufzuräumen? Kämpfe zwischen Unsterblichen mitten in der Stadt. Du hast gleich mehrere unserer Gesetze gebrochen – in vollem Bewusstsein und mit voller Absicht. Ganz zu schweigen davon, dass du eigenmächtig eine Sterbliche initiiert hast, die Tore zu öffnen.«

Fafnir drückte seine Zigarette im Aschenbecher aus. »Wäre es dir lieber, wenn ihr noch immer auf der anderen Seite festsäßet und der Cromm diese Welt regieren würde?«

Kalis linkes Augenlid zuckte zornig. »Komm mir bloß nicht sophistisch, Fernando.« In der Öffentlichkeit sprach sie ihn stets mit seinem Decknamen an. »Gerade du solltest wissen, dass der Zweck niemals die Mittel heiligt.«

Fafnir zuckte mit den Schultern. »Ihr könnt mich anklagen und absetzen. Penthe würde einen zuverlässigen Grenzwächter abgeben.«

»Sie hat abgelehnt«, sagte Kali frostig. Der Rat hatte also tatsächlich über einen Ersatz nachgedacht. Das kränkte ihn nun doch ein wenig, obgleich er nicht mit einem Orden oder auch nur mit einem Wort des Dankes gerechnet hatte.

»Nein, nein«, fuhr Kali fort, »du wirst deinen Job machen. Genau so wie ich meinen.« Sie seufzte schwer, und endlich begriff Fafnir: Ihre Wut war nur vorgetäuscht. In ihrer Position musste sie die Gesetze kategorisch vertreten. Insgeheim und persönlich billigte sie sein Vorgehen, ja, war sogar stolz auf ihn. Immerhin hatte sie ihn damals als Grenzwächter vorgeschlagen.

Mit einem leisen Lächeln gab er ihr zu verstehen, dass er verstanden hatte. Er hob sein Glas. »Auf die im Kampf Gefallenen. Auf Borgust, auf Azai, auf Lakamba, auf Lorkwin, auf Sniff, auf Ada und auf Mussog.«

Kali ließ ihr Glas an seines klingen und sagte: »Auf die Gefallenen.«

Sie tranken und blickten eine Weile stumm nach Westen, wo nur noch ein matter Schein Orange von der untergegangenen Sonne zeugte.

»Ich muss jetzt gehen«, brach Kali das Schweigen. Sie stand auf und legte Fafnir die Hand auf die Schulter. »Halt dich ran, sonst kommst du zu spät zu deiner Schicht.«

Fafnir nickte. Er steckte sich eine Zigarette in den Mund, zündete sie aber nicht an. Schmunzelnd wartete er, bis Kalis Schritte verhallt waren. Er betrachtete sein halbvolles Glas und entschied, es nicht leerzutrinken. Ihm stand eine lange Nacht bevor. Besser, er war nüchtern.

Ihm war ein Gedanke gekommen: Wenn Penthe seinen Job nicht haben wollte – vielleicht war sie davon zu überzeugen, Lakambas alten Posten einzunehmen? Nachdem sie auf der anderen Seite nach Elisabeth gesucht hatte. Zumindest das hatte sie ihm zugesichert. Er würde sie auf dem Weg zur Kirche anrufen. Mal sehen, was die Nacht noch alles bringen würde.

WEITERE INFOS ZUM AUTOR:

Phillip Schmidt

www.philipp-schmidt.org

www.facebook.com/PhilouSchmidt

Mehr vom Autor

Schattengewächse - **eine nahe Zukunft**
Band I: Auftakt
ISBN: 978-3-74481-805-6

Die Ödland-Saga
Band I: Herrscher der Blutwüste
ISBN: 978-3-74317-998-1

Das Reich des Johannes
Buch I: Pela Dir
ISBN: 978-1-51430-219-4